說給我的孩子聽系列　**面對人生的10堂課**

說給我的孩子聽系列　**面對人生的10堂課**

面對人生的10堂課

溝通與表達

出版序

學校沒有教的事，讓我們說給孩子聽

有好多事，我們想說給孩子聽。

教改實施後，升學壓力仍在，許多家長雖然於心不忍，卻還是得讓孩子面對激烈的學習競爭。「不能輸在起跑點上。」我們常這樣叮嚀孩子，但看到孩子拖著疲累的步伐趕赴學校、補習班，看到孩子的眼神不再有熱情和渴望，對自己失去信心，我們還能說服自己，這一切都是爲他們好嗎？

記得有個朋友曾聊起他的兩個兒子。他的大兒子功課很好，從進小學到畢業，都是第一名；小兒子調皮好動，功課總是吊車尾。他和他太太覺得，上天已經給了他們一個優秀的兒子，如果要求兩個孩子一樣好，那就太貪心了。既然小兒子不是讀書的料，他們對他的教育一向是「快樂就好」，讓他自由參加活動、發展興趣，從不逼他讀書。

上國中後，有一天，小兒子的導師打電話給他：「你兒子的智力測驗全班最高，功課卻很不好，我教書二十多年，從沒見過這種情形。」熱心的導師鼓勵他小兒子讀書，從此成績開始進步，後來考上醫學院，當了醫師。

原來，他小兒子是自覺比不上哥哥才不想唸書。由於父母沒給壓力，他得以自由發展，一直過得很快樂。朋友相信，就算他小兒子功課一直不好，考不上好學校，這種樂觀的態度也會跟著他，使他一生都受益！

聽了這段往事，讓我感觸很深，我想我們做父母的有必要重新思考，什麼樣的教育對孩子最有益？哪些人生建議能眞的幫助他們成長？

其實，教育最初的目的，是幫助一個人了解自己、發展自己，並能在生活中實際參與及互動。讀書考試之外，還有好多我們必須天天面對的事：

金錢——建立正確的金錢觀念，創造價值

時間——培養正確的時間觀念，把握分秒

個體與群體——認同群體，發展自我

溝通與表達——說自己想說的話，與世界相連

興趣與志向——做自己想做的事，發揮所長

身心健康——愛護身體，學習保健之道

生與死——了解生命的價值，體會生命的祝福

邏輯與智慧——提升思考能力，擴展人生格局

對台灣的愛——深化對家鄉的認同與感情

未來生活——展望未來，有自信面對未知的變化

這些事，在教科書裡找不到，考試也不會考，卻與人生幸福息息相關，需要我們說給孩子聽！這些事，就編寫在《說給我的孩子聽——面對人生的10堂課》裡，是您給孩子最好的禮物！每個主題都包含多則小故事，在孩子探索的過程中，您的陪伴將給他們信心，您的分享能減少他們的摸索——每則故事後還附有延伸問答，您和孩子可以輕鬆開啟話匣子，分享彼此的想法。

多麼希望在自己年輕時，也有這樣一套書來說給我們聽，減輕我們人生路上的徬徨與不安。早知道，早幸福，總有一天，孩子也跟我們一樣要面對眞實的世界，相信有了這10堂課，他們對未來會更有信心！

簡志忠

面對人生的10堂課

出版序▼學校沒有教的事，讓我們說給孩子聽　003

前　言▼人際關係圓滿的祕密　010

表達自己，讓世界認識你　013

沒有想像中困難——勇敢向大家介紹自己吧！　015

一切從笑容開始——表情是溝通的橋樑　021

明康的第一次約會——善用言語，即時表心意　027

一封情書壞了事——讓文字做表情達意的使者　032

「悶葫蘆」當上康樂股長——有話不說會得內傷哦！　036

蕾雅卡的代價——說出真心的感謝　042

尋找NBA——學好外語，溝通無國界 047
恭喜你了！——真誠向人道賀 053
用「心」的禮物最感人——送禮送到心坎裡 058
欣賞不規則的美——克服表達的障礙 064
趙自強談表達 說話是需要鼓勵的 070

在溝通中更認識自己 075

都是誤會一場——有錯能改，表達歉意 077
小音的「上台恐懼症」——說清楚、講明白，信心自然來 082
關不住的嘴巴——說壞話終究會傷了自己 087
紅緞帶，加油！——說服眾人，建立共識 092

我不想去蝴蝶谷——清楚表達不同的意見 097
線條色彩會說話——善用圖像表情達意 102
恐怖跟蹤記——堅定說出「不喜歡」 106
媽媽，您在哪裡？——訴說思念之情 112
和吳彩美做個朋友吧！——冷嘲熱諷傷感情 117
生氣別像火山爆發——適度表達心中的不滿 121
黑幼龍談溝通　有自信的人不會覺得被打擊 126

良好的溝通開啓友誼之門 131

「小太陽」萬歲！——支持和鼓勵是最好的關懷 133
學校裡有恐龍？——誇大其詞，容易引人反感 138

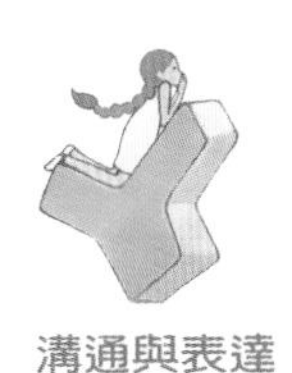

溝通與表達

冷戰救兵——與其給建議，不如用心傾聽 144
妳還願意做我的好朋友嗎？——體會彼此感受，化解誤會 149
失控的火車——打架不能解決問題 154
小張的羊毛衣——誠實不說謊，建立好信用 158
惡毒的舌頭——光靠批評不能改變世界 163
借作業風波——搞懂問題，比面子更重要 168
女兒的心事——原來是多愁善感的心 173
兩虎相爭必有一傷——寬容讓世界更開闊 178
張雅琴談表達 全力以赴就不會後悔 182

前言
人際關係圓滿的祕密

記得不久前，某電視台的主管公開批評一位知名女星歌唱得不好，消息一出，媒體立刻找到這位女星，詢問她對這個評論的看法。她的回應出乎意料的平和：「謝謝指教，我會繼續努力。」

被人批評歌喉不好，會是什麼感覺？自責、生氣、覺得被羞辱？在這種情緒之下，該怎麼回應？爲自己辯解？批評對方的歌喉也不怎麼樣？還是跟媒體哭訴，自己老是被當成箭靶？

這位女星簡單的回應顯示了充分的修養。她知道，就算對方的批評有人身攻擊的意味，也沒必要反擊回去。而自己的歌喉怎麼樣，並不會因爲別人的讚美或否定而改變。被人讚美時，就回一句「謝謝」；被人批評時，也是回一句「謝謝」，不卑不亢，這是何等的自信！

公眾人物是媒體追逐的焦點，言行稍有不慎，就容易捲入是非之中。身爲市井小民的我們，又何嘗不是如此？應對失當，也會惹來惱人的紛爭。

人與人之間的表達和溝通，絕不只是字句的組合那麼簡單。留意一下身邊的人，會發現有領導力的人都很懂得表達自己，而人緣好的人一定懂得如何與不同的人溝通。這些特質，有人稱爲ＥＱ，它至少包含了：

能將負面的批評、責備、抱怨和挫折，化爲正面的肯定、讚美和感謝

能以敏銳的心，體察他人的需求，關心、重視他人

聆聽他人的言語和感受

不難想見，只要我們懂得表達自己、與人溝通，必定會更容易成爲受人歡迎、有影響力的人，而我們深信，表達與溝通的訓練可以、也應該從年輕的時候就開始。

《面對人生的10堂課——溝通與表達》就是基於這樣的理念而編輯的。透過三十則生動有趣的小故事，描寫生活中常見的人際互動課題，而每則故事之後，更編寫耐人尋味的問答，藉由小朋友和大朋友的對話，提示多元的觀點，也讓親子有延伸討論的空間。

年輕時的表達和溝通模式，會延續到成年之後，如果讓孩子藉由各種機會磨練這些能力，相信必能逐步建立自信、營造更好的人際關係，達到人生的圓滿和成功。

感謝趙自強先生、黑幼龍先生、張雅琴小姐，在書中與讀者分享表達自己、與人溝通的體驗和看法。

表達自己，讓世界認識你

每次自我介紹，我都超緊張！
新轉來的同學表情很嚴肅，是不是心情不好？
想找隔壁班女生看電影，該怎麼約她呢？
找同學捉刀寫情書，竟然被發現……
請人幫忙，該怎麼感謝對方才好呢？
傷腦筋！好友生日該送什麼禮物啊？
雖然說話不流利，但我是很有想法的！

沒有想像中困難

勇敢向大家介紹自己吧！

吳嘉穎已經緊張一整天了！

嘉穎被學校派去參加全縣幹部訓練營，前一晚爸爸就送她到山莊報到，等待第二天一早的活動。完成報到後，整理好行李，她拿出資料袋，看到明早的第一個活動是「自我介紹」。

「在那麼多陌生人的面前講話……」光是想像那畫面，吳嘉穎就覺得發毛，而且，要說什麼呢？萬一說不出話來，呆呆站在台上不是很尷尬嗎？還有，萬一說得不好，被台下的人笑，那豈不是很糗？嘉穎愈想愈害怕，開始後悔答應老師來參加這次活動。

但是後悔也來不及了，人都已經在這裡，想下山也不可能。

第二天吃完早餐，最難熬的時刻終於到來。指導老師帶隊到大廳集合，坐定後，對大家宣布：「首先我們請每個人做自我介紹。」

指導老師說著，舉起手中的一個小布玩偶。「等一下老師放音樂，大家就把玩偶傳下去，當音樂停止時，玩偶在誰手上，就請那個人站起來向大家介紹自己。」

音樂聲在沉默、緊張的氣氛中響起，大家開始傳玩偶，哦，不，與其說「傳」，不如說「丟」，這玩偶突然變成了人人嫌棄的不祥之物。

沒多久，音樂突然停止，所有人的目光都集中在玩偶停下來的地方——一個瘦小的男生手上。

這個小男生站起來，很有精神的笑著說：「大家好！我是宇宙超級無敵可愛小飛俠，名叫吳弘洲，我沒什麼缺點，不過優點倒是很多！不要看我矮歸矮，瘦歸瘦，只要吃飯就一定跑第一；另外我很喜歡交朋友，有很多好朋友，好到常常互相糗對方……」吳弘洲說得幽默風趣，既吹捧自己，也揶揄自己，惹得大家哈哈大笑，現場氣氛也和緩了不少。

音樂聲再度響起，又開始丟玩偶了，這一回，玩偶掉在嘉穎身上。

嘉穎在大家的注視下慢慢站了起來，臉都紅了，她的腦子一片空白，心

me

臟更是怦怦跳。她沉默了三秒鐘，但感覺像十分鐘，所有的人都盯著她看。

嘉穎想起剛剛吳弘洲的介紹，突然靈機一動：「嗯，大家好，我叫吳嘉穎，我也姓吳，但是和吳弘洲相反，我沒什麼優點，不過缺點倒是很多。」

大家聽了都笑了出來，於是嘉穎鼓起勇氣繼續說：「我很內向……口才不好，昨天住進來時覺得很害怕……」吳嘉穎把昨晚的心情統統說出來，雖然這和她原本預計要說的不同，不過大家都聽得津津有味。最後她是怎麼結束的自己也忘記了，只記得最後有熱烈的掌聲。

「我看妳口才很好啊，一點也不像妳形容的！」指導老師笑著說，「我們來做個調查，有誰和嘉穎一樣，從昨天晚上就開始緊張的？」幾乎所有人都舉起了手。

「嘉穎妳看，幾乎所有的人都會緊張哦！可見這是正常的現象。」

嘉穎覺得如釋重負，露出開心的笑容，這種感覺真好！她發覺，在眾人面前介紹自己，並沒有想像中那麼難啊！

（戴淑珍）

為什麼每到一個新環境就要「自我介紹」，好麻煩哦！

這是爲了讓大家認識彼此啊！利用簡短的幾分鐘介紹自己，讓其他人對自己有個初步的印象，可以加速彼此的交流。你想，如果新學期班上來了一位新老師，但是上第一堂課時卻沒有自我介紹，直接開始講課，你覺得怎麼樣？

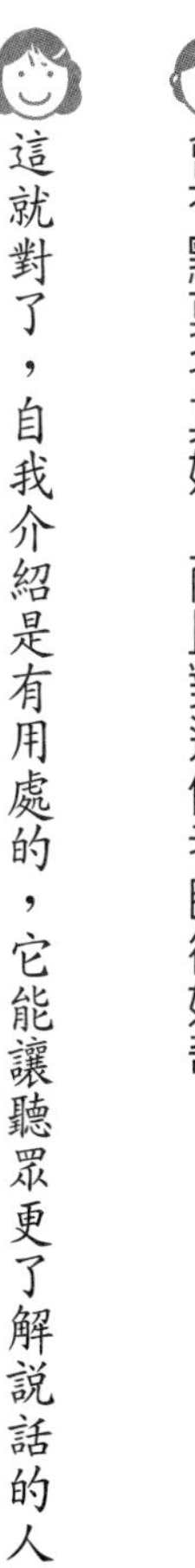

會有點莫名其妙，而且對這位老師很好奇。

這就對了，自我介紹是有用處的，它能讓聽眾更了解説話的人。

可是我不知道要怎麼介紹自己。

當別人向你介紹他們自己時，你希望聽到什麼？你對別人好奇的部分，很可能也是別人對你好奇的部分，可以從這個角度來想。你可以講自己的基本資料，例如姓名、家庭狀況，也可以說說你喜歡或不喜歡的事物，這樣不就能讓大家更了解你了嗎？剛開始或許會覺得不知所措，但一旦開口說了，就沒有想像中困難。

是不是像吳弘洲這種個性活潑的人，說什麼都有趣？

這的確和個性有關。活潑外向的人比較不怕犯錯，喜歡製造笑話，自娛娛人。不過就算個性內向，也可以用中規中矩的方式介紹自己，讓人感覺到你的誠懇。

一切從笑容開始

表情是溝通的橋樑

小雯剛從外地轉學過來沒幾天，在班上一個朋友都沒有。她的個性安靜內向，一到下課，看同學們聊天的聊天、嬉鬧的嬉鬧，自己卻總是坐在座位上，一個人繃著臉，覺得很不自在，也顯得很孤獨。

班上有幾個同學特別活潑開朗，阿海就是其中的一個，他時常笑臉迎人，每天都有說不完的趣事可以和大家分享。阿海和信勇、屏屏、妞妞很要好，他們幾個看起來很好相處，小雯常常注意聽他們聊天，覺得好有意思，可是卻怎麼也鼓不起勇氣去和他們說話。

這一天下午，小雯剛上完廁所走出來，沒想到迎面就撞上了正要走進廁所的阿海。

「對不起！」小雯連忙道歉。

沒想到阿海看到是小雯，主動和她說話：「小雯，妳沒事吧？我常看見妳一個人繃著臉發呆，現在又低著頭走路，是不是心情不好？還是剛轉學過來還不習慣？」

「其實也沒什麼事……我想應該是剛轉學，還不太習慣吧！」小雯覺得很不好意思。

這天，小雯雖然沒有再和阿海說話，可是每次她和阿海眼神接觸時，阿海總是給她一個大大的笑容，讓她覺得很溫暖。

過了幾天，上體育課，老師說校慶運動會快到了，要從班上選出十二名同學參加大隊接力。小雯跑得快，被選爲選手，巧的是阿海和屛屛也同時獲選。老師安排了棒次，屛屛第五棒、小雯第十一棒，阿海接在小雯之後，跑最後一棒。

「好巧哦，小雯！我接妳的棒子，妳跑得也滿快的嘛！」又是阿海主動和小雯說話，小雯心裡很高興，眞慶幸能和阿海他們一起參加比賽。

每次上體育課練習跑步，阿海總會主動和小雯聊天，問她喜歡些什麼、以前住的地方有什麼好玩的事情、有趣的朋友等等，要不就一起爲跑前幾棒

的同學加油。

隨著運動會的逼近，跑接力賽的同學每週也多排出一天在放學後練跑。每次跑得不錯，阿海總是會和小雯擊掌、歡呼；跑得不理想，阿海也會拍拍小雯的肩膀鼓勵她。就這樣，小雯和阿海、信勇、屏屏、妞妞她們很快就成了朋友，放學後常常一起回家。

運動會這天，天氣很好，同學們也都充滿著鬥志。小雯她們班，第一棒就跑進了前三名，大家興奮極了，加油聲更是沒有間斷過。除了有一棒差點滑跤，其餘的接棒都很順利，發揮了平時的水準。跑到第八棒，班上便一直保持在第二名，到了第十棒的小黎，更是只差第一名一步……

輪到小雯接棒後，她快腿奔出，很快就和第一名並列跑著。在小雯把棒子交給阿海的前一刻，已經超越了對手，這時在場邊加油的同學發出如雷的歡呼聲。阿海接過棒子，拚命往前衝，終於在最後一刻，身子率先碰到了終點線，確定贏得了勝利！

「贏了！贏了！」全班高聲歡呼，小雯、屏屏、妞妞和信勇，立刻衝到前面，給阿海熱情的擁抱！

Friend
5

「擁抱的感覺眞好！」小雯心裡這麼想。她感覺得到，這一刻，大家的心都串在一起了！

（石芳瑜）

姿勢和動作往往可以透露一個人內心的想法和情感。像小雯低頭、繃著臉這樣的姿勢，很容易讓人覺得有距離感，或許連她自己也沒發現。

老實說，遇到小雯這樣害羞內向的人，我也不知道要怎麼和她說話呢！像阿海那樣能主動和人交談、表達關心的人，真的很不錯。

是啊！其實，主動表達善意或關心一點都不難。遇到不熟悉的新朋友，或是發現別人心情低落，都可以適時表達善意或問候，哪怕只是一個微笑，或是握握手、拍拍肩膀都好。

除了低頭、繃著臉，還有哪些動作或姿勢容易造成距離感？

有啊，身體眞的會說話哦！例如雙手交疊放在胸前，會讓人覺得你充滿著防衛；手插著腰，讓人覺得你想吵架；打呵欠、眼睛轉來轉去，讓人覺得你不耐煩。如果你心裡沒那個意思，卻習慣做出這類的動作，就設法改掉吧！

如果小雯改善她的「肢體語言」，又能以微笑和問候主動跟大家親近，相信人緣會更好！

明康的第一次約會

善用言語，即時表心意

「小美，妳禮拜天有沒有空？我想約妳看電影。」明康對著鏡子喃喃自語，「不好，太直接了，萬一被她拒絕多沒面子！」他思索了一會兒，繼續對著鏡子說：「小美，我有兩張電影招待券，妳要不要？哎，不行啦！這樣說她會以爲我要送她電影招待券。」明康愈想愈苦惱，對著鏡子哀聲嘆氣。

小美是這學期轉到明康班上的新同學，個性活潑大方，待人又親切，大家都很喜歡她。明康第一次看見她，就對她有好感，可是每回遇到她都臉紅心跳，連說話都結結巴巴。明康決定在這學期結束以前，想辦法讓小美知道自己的心意，讓他們的友誼可以更進一步。

本來他想寫張卡片給小美，可是又怕辭不達意，想來想去，決定還是用說的，因爲這樣可以立即知道她的反應。不過，明康演練了半天，還是不知道該如何開口。

「哎，不管了！再不趕快行動，被其他人先約到就來不及了！」明康終於鼓足了勇氣，直接開口約小美。

「小美，這個禮拜天有沒有空？一起去看電影吧？」明康覺得自己的臉頰燥熱，根本不敢正視小美的眼睛。

「好啊！最近有一部新上映的電影，我正打算去看呢！」沒想到小美這麼爽快就答應了，明康高興得就像要飛上雲端，簡直不敢相信自己的好運。

但他隨即又開始煩惱：「看電影那一天我該說些什麼？聊功課嗎？太無聊了。不曉得她喜歡什麼？還是聊她比較有興趣的話題好了。」

明康想起小美很喜歡畫畫，美術老師也常稱讚她畫得不錯，那就聊繪畫吧！可是明康對繪畫一竅不通，連要怎麼切入話題都不知道。

「算了！就聊電影好了。」明康自己喜歡看電影，每次看電影都會激發他很多想法，但不知道小美喜不喜歡電影。明康覺得這樣猜來猜去也不是辦法，到時候再說吧！

令人又期待又緊張的禮拜天終於到了，明康和小美看完電影，隨著散場

人群走出電影院，一路上兩人都沒有開口。明康緊張得直冒汗，心裡想：
「奇怪，平常開朗的小美怎麼都不說話呢？」

「妳覺得這部電影好看嗎？」明康好不容易才擠出這一句話。

小美突然回過神來：「對不起，我一直在想電影裡的一個情節，我覺得這是一個關鍵……」

「是嗎？我也覺得那是導演特別安排的伏筆……」小美和明康滔滔不絕的討論著，而且愈聊愈投機，發現彼此對電影的觀點及看法都很雷同。

「對了，下個月有國際影展，會放映許多國家的得獎影片。每年的影展我都不會錯過哦，你有沒有興趣呀？」小美開口邀明康。

「當然好啦！」明康開心得不得了，從背包裡拿出國際影展的活動摺頁，「我正打算找妳一起看影展呢！」看著小美驚喜的表情，明康突然覺得他們兩個實在太有默契了，這真是一個好的開始！

（吳立萍）

言語可以讓人即時表達情感和想法。

不過，為什麼一遇到喜歡的人，反而會說話結結巴巴，辭不達意呢？真是傷腦筋。

遇到喜歡的人，不好意思直接說出來，總要拐彎抹角的表示，再加上擔心對方的反應，怕說錯話，怕被拒絕，當然說起話來就有顧忌。說話也是一門學問呢！有些人因爲個性害羞，不敢說出自己的看法或感覺；有些人不善言詞，不知道該怎麼說才恰當，甚至說錯話，造成誤解。能得體的表達自己的想法，比較容易建立和諧的人際關係。

沒辦法用言語表達感覺和想法的人，一定會有挫折感吧！

因爲身體上的缺陷而沒辦法說話的人，只能用手語或筆談，雖然也可以達到溝通的目的，但仍比不上開口說話來得方便和即時。既然能開口說話，就要善用語言，讓溝通事半功倍。

一封情書壞了事

讓文字做表情達意的使者

國中的時候，文泰總是班上前十名。他幾乎每一科都唸得很好，唯獨國文成績不怎麼理想，尤其作文最讓他頭痛。每次作文課，他都腦筋空白，不知道該寫什麼好，折騰了兩節課，總是勉強寫足了規定的頁數就交卷。

大家都知道作文是文泰的罩門，然而他並不覺得作文有什麼重要，還常常跟同學辯論。

「我的強項是數學和理化。」文泰說：「以後我要當工程師，不唸文科，國文只要交代過去就好了，不如把讀國文的時間省下來背英文單字，或多做幾題數學題。」

這樣說好像也有道理，反正國中三年，文泰的作文就這樣應付過去。畢業後，他因為作文成績不夠好，只考上第三志願，這所高中離他家比較遠，

每天要搭火車上下學。

每天搭同一班火車的學生都是熟面孔，沒多久，文泰發現一個隔壁班的女生和他同一站上下車。他注意她好一陣子了，也打聽到她的名字叫謝麗娟，文泰很想跟她做朋友，但又不敢直接找她講話。說不出口，改用寫的吧！可是要怎麼寫呢？文泰試著寫一封信向對方介紹自己。

「謝同學妳好，我叫楊文泰，是十六班的，我想跟妳做朋友……」文泰自己唸到一半就把信紙揉掉了。「寫得眞笨。」

用文字表達，文泰沒有把握。他在圖書館找到一本《一句話打動她的心》，但翻來翻去總覺得書裡的範例都不適合他。後來他聽說班上的吳耀慶能代筆寫情書，就去找吳耀慶幫忙。

一問之下，原來吳耀慶替人寫信的代價是一碗牛肉麵；如果信的內容特別複雜，例如要跟對方道歉或請求對方原諒，還得追加一碗。

「怪不得吳耀慶常常吃牛肉麵。」文泰心想。

吳耀慶交「稿」的那天是星期一，文泰迫不及待，下課鐘一響便直往車站衝去。果然，沒等多久就看到謝麗娟出現。文泰跟著她上了同一班車、同一個車廂，準備找個機會拿信給她。

「再不行動就來不及了！」文泰一直等到火車到站，乘客陸續下車，才趕緊上前叫住謝麗娟，略顯靦腆的把信遞給她，然後匆匆離開車站。

第二天，文泰忐忑不安的去等車，雖然很想知道謝麗娟的反應，又怕見了面尷尬。沒想到當謝麗娟一出現，居然大方的走過來，遞給他一封信。

「這麼快就收到回信了！」文泰既興奮又緊張，上了火車，便趕緊躲進廁所裡把信拿出來。拆開信封，他看到昨天給謝麗娟的信被退回來，而且還夾了一張紙條，寫著：「和這封內容一樣的信，我已經收到不只一次了。」

文泰在心裡咒罵著吳耀慶，原來他一稿多用，同樣的內容，只有寄信人和收信人的名字不一樣而已，沒想到這一回竟然穿幫了。眞倒楣！一碗牛肉麵事小，成爲謝麗娟眼中的笑話才是洗不清的恥辱！

自此以後，文泰上下學都盡量避開謝麗娟。

經過這次的教訓，文泰終於體會到，不懂得用文字表達自己的想法，是多麼吃虧。他以後再也不會把作文看成文科學生才要學的東西了。沒把國文學好，他眞後悔！

（吳嘉玲）

會寫作文真的那麼重要嗎？

生活中會用到「作文」的地方還眞不少，而且常常都是跟「幸福」有關的事情哦！例如升學考試要考作文、找工作時要寫自傳、追求異性要寫情書……作文能力好，表達自己的想法和感情時才不會覺得有障礙。

可是我不喜歡正經八百的寫文章，總覺得好無聊。

學校的週記及各種報告是作文的一種，因爲有文體和格式的限制，寫起來比較受限，但也是難得的磨練機會。因爲重要的文章，例如情書和自傳，往往需要足夠的「功力」才寫得好，要是平時不練習，需要時才臨陣磨槍可不容易呢！

「悶葫蘆」當上康樂股長

有話不說會得內傷哦！

雅心是我最要好的朋友，人長得清秀討喜，可是她在班上的人緣並不好，因爲除了我，她很少跟其他人說話，所以同學們都叫她「悶葫蘆」。

雅心會跟我成爲好朋友是有原因的，因爲我們是鄰居，而且小學一到四年級都在同一班。更重要的是，有好幾次我看到同學逼她講話，我很自然的「拔刀相助」，代她回答，後來我們就成了好朋友。

如果你以爲雅心和我無話不談，那就錯了，事實上是我對她無話不談，而她永遠是安靜的聽眾，臉上的表情總是似笑非笑，有時又好像有滿腹心事，難怪同學們一個個都不理睬她。

「雅心，放學後去吃米粉湯好不好？」我一連問了兩次，雅心才勉強開口說了聲「好」。

像這樣的情形不只一次，我也經常想不要再理她，但又可憐她沒人理睬，只好繼續做她的朋友。不過，有一次我眞的被她惹火了。

那天，我們說好要去看早場電影。可是等我們到了戲院，竟發現電影已經開演了半個小時。

「奇怪，明明是九點半開始，怎麼變成九點？」我喃喃自語著。

「小惠，九點半是另外一家戲院。」難得主動開口的雅心，突然冒出這麼一句話。

「妳本來就知道，是嗎？」我瞪大著眼睛，看著幾乎把下巴貼到胸口上的雅心，突然覺得火冒三丈，於是對她大吼：「那妳爲什麼不早說？太過份了，我再也不理妳了！」

說完我掉頭就走，不再理她。這次，我眞的受夠了！雅心竟然連知道的事情都不說出來，害我犧牲睡眠還錯過電影。

我大概氣過了頭，連走過幾條馬路都忘了，直到眼前出現一座小公園，才發覺兩腳腫痛發痠，喉嚨也很乾。

「算了，先休息一下再說。」我選了一個有樹蔭的椅子坐下來，這才想起被我臭罵了一頓的雅心。心想，她一定也被我嚇壞了。

「哼，難怪同學要叫她悶葫蘆，一點都沒錯。」我憤憤的想著。

突然，我看到右手邊有一杯可樂搖搖晃晃朝我靠近——一杯會走路的可樂！我差點叫出來。

「對不起啦！我一直想告訴妳這件事，可是……可是……」一個怯生生的聲音在我的耳畔響起。是雅心，沒想到她一直跟著我到這裡來，還買了可樂來賠罪。

「哼，跟屁蟲！」我看了她一眼，沒好氣的罵了一聲，隨手拿起可樂咕嚕咕嚕喝了幾口，因爲實在太渴了。

「小惠，對不起，妳不要生我的氣了好不好？我只有妳這個朋友，假如妳也不理我，那我就沒有朋友了。」這大概是我認識雅心以來，她一口氣講最多話的一次。我不禁心軟了。

經過這次事件，雅心終於有所改變。後來我才知道，原來她的軍人老爸管教小孩十分嚴厲，從來不准小孩提出自己的意見，所以才養成雅心悶不吭聲的個性。

不過，我也算是「自食惡果」，因爲自從那次事件後，雅心變得愈來愈愛講話，好像要彌補從前沒講的話似的，讓我不禁懷念起以前那個「悶葫蘆」。當然，我還是很替她高興，因爲她在班上的人緣愈來愈好，最後還當上了康樂股長，難以想像吧！

（吳梅東）

很難想像，怎麼會有人心裡有事卻不願意講？

雅心是不習慣有意見，然而有的人是有一大堆意見卻悶在心裡不講，那就不好了。

我知道，有些人特別愛在別人的背後抱怨，可是當你直接問他有什麼想法，他又不肯說。

把不滿的情緒藏在心裡，是很不健康的，不但無法解決問題，也會造成

誤會和誤解，影響人際關係。

什麼？不表達意見會生病嗎？

是呀，根據醫學研究顯示，個性樂觀的人比較不容易生病，而悲觀或喜歡生悶氣的人，比較容易感冒，甚至會降低免疫力呢！

蕾雅卡的代價

說出真心的感謝

這學期政緯、明華和均豪一起負責打掃教室前面的花圃。因爲除了要清理花圃上的垃圾和落葉之外，還要負責翻土和澆花，所以老師安排了他們三個人一起做。

這天放學後，大家開始掃除工作，均豪趕著去補習，於是拜託政緯和明華讓他先走。他一邊收拾東西，一邊說：「拜託你們啦！我要去補習，謝謝哦！我會報答你們的！」均豪說完，也不等政緯和明華回答，就匆匆離開了，政緯只好跟明華兩個人去整理花圃。

掃完了落葉，明華忽然問政緯：「你覺得均豪會怎麼報答我們？」

「我不知道耶。」政緯愣了一下。他沒想過這件事，因爲一來均豪已經跟他們說過謝謝了，二來依照均豪平時斤斤計較的個性，可能也不會眞的報答

他和明華吧！政緯向明華說了自己的想法，明華笑著說她也是這樣想。他們兩個都覺得均豪只是說說而已，所以就沒把這件事放在心上。

隔天早上，均豪忽然送給政緯和明華一人一張遊戲卡，而且是蕾雅卡，政緯和明華很驚訝。

「這會不會太貴重啦？」政緯說。

「這是爲了謝謝你們昨天讓我先走。」均豪說。

原來昨天均豪上的補習班要抽考，他心裡很緊張，想早點過去臨時抱佛腳一下，所以他很感謝政緯和明華讓他先走。

「也沒那麼嚴重啦！反正我們本來也要打掃啊！」明華客氣的說。她和政緯都覺得很不好意思，覺得自己誤會了均豪，以爲均豪只是說說而已。看均豪認眞的跟他們道謝，他們就把遊戲卡收下了。

可是接下來幾天，均豪都不留下來整理花圃，而且也沒有跟政緯和明華說一聲。政緯和明華覺得很奇怪，終於忍不住去問均豪。

「你們不是說我可以先走、不打掃嗎？」均豪一臉很無辜的表情。

「我們說的只有那天而已吧？」明華說。

「這是老師分配的工作，你怎麼可以不做呢？」政緯接著說。

「你們不是已經收下我的蕾雅卡了嗎？這樣就表示你們已經答應我，以後都可以讓我先走了啊！」均豪說。

政緯聽了，有點生氣的說：「你不是說那張蕾雅卡是那天的謝禮嗎？而且你那時也沒有說以後都要先走吧？」

三個人爭執不下，愈說愈大聲，引起班上同學們的注意。有幾個人圍過來問怎麼回事？政緯就把事情經過都跟大家說了。大家聽了之後，都覺得是均豪不對，因爲雖然蕾雅卡很難拿到，可是用兩張蕾雅卡就想要不必打掃，也眞是太誇張了！政緯還說他可以把蕾雅卡還均豪，叫他乖乖的來打掃。

「你這樣根本就不是眞心謝謝人家的幫忙嘛！」明華覺得很生氣。

其實均豪眞的很感謝政緯和明華那天幫他打掃，只是後來他心疼那兩張好不容易收集到的蕾雅卡，所以就認爲他應該都可以不必去整理花圃了。

均豪很認眞的說：「我那天眞的是很謝謝你們的，而且也是眞心要把蕾雅卡送給你們作謝禮的。」他還向政緯和明華道歉，說他以後會做好自己份內的打掃工作，政緯和明華這才原諒他。

（吳書綺）

Present

均豪怎麼可以用蕾雅卡來叫別人幫他打掃呢？

大概是因爲均豪和大家的想法不同吧！他將政緯和明華收下卡片的行爲解讀成以後都不必來打掃，但是顯然大家都不這樣認爲哦！

我覺得明華說得很對，感謝別人是要真心真意的，怎麼可以像均豪那樣，還想要佔人便宜呢？

是啊，雖然明華說過「反正我們本來也要打掃」的客氣話，但這並不表示她答應均豪以後都可以不來打掃。均豪在要抽考那天是眞的很感謝政緯和明華，只是他後來的想法就不對了。別人給我們方便，我們理當感謝他，但不要因此認爲這是理所當然的，因爲這樣的態度會引起反感。

尋找NBA

學好外語，溝通無國界

建華是個超級ＮＢＡ籃球迷，支持洛杉磯湖人隊，他對湖人隊的球員如數家珍，零用錢也都用來購買紀念商品。在他房間的牆上還貼了一堆湖人隊的旗子和標誌，每次有同學到他家裡來玩，他還會把所有的ＮＢＡ珍藏品秀給大家看。

最近建華特別興奮，因爲他們全家要去美國旅遊囉！

「太棒了！我要去找台灣沒有的ＮＢＡ商品。」他上網找資料，比準備考試還認眞，姊姊看了忍不住糗他：「省省吧！你的英文這麼破，知道怎麼買東西嗎？」

「比手畫腳也可以呀！」建華不服輸的說。

終於盼到出國的日子了，由於建華全家參加的是團體旅遊，一路上有領隊帶領，所以雖然除了姊姊以外，全家人的英文程度都不太好，但也沒遇到什麼困擾。第三天的行程，旅行社安排了一整個下午的自由活動，姊姊要帶家人去參觀博物館，但建華想利用這個時間自己去逛體育用品店。

「你確定沒問題嗎？」爸媽和姊姊很擔心他一個人去逛街。

「沒問題啦！」建華其實又興奮又緊張，他指著不遠處的一家大型體育用品店，「這家體育用品店很大，一個下午都逛不完。我不會亂跑的。」

於是他們約好傍晚五點半在這家店的正門口會合。

建華走進這家體育用品店，每一樣商品都吸引著他的目光，他四處瀏覽ＮＢＡ商品，並尋找今年限量發行的紀念Ｔ恤。他出國前已經上網查過，這件Ｔ恤的價格不算太貴，而且國內還沒有進口，相當具有紀念價值。不過建華找了半天，就是沒看到這件Ｔ恤。

「Can I help you?」一位店員帶著笑容走過來，問建華需不需要幫忙，建華一聽對方說英語，緊張得不知所措。

「嗯，嗯……Thank you.」他不知道該怎麼跟店員講，只好趕緊躲開。

建華不死心的繼續在每一樓層尋找，而且爲了避免像剛才那樣的尷尬場

NBA
S
A
C
T
LAKERS
8

面，他還故意避開店員，可是眼看著耗掉許多時間，還是找不到那件T恤，他開始著急。

「怎麼辦？要是錯過這次機會，可能就買不到了。」爲了T恤，建華只好硬著頭皮去問店員。

「Do you have... have NBA... T-shirt?」建華緊張得直冒汗，不知道對方聽不聽得懂他的中文式英語。

「NBA! Yes, of course! Come with me, please.」謝天謝地，店員居然聽得懂！他帶建華來到掛滿了T恤的牆面，讓他慢慢挑選。

「I want this one.」建華看到那件紀念衫了！

「Do you like NBA?」店員取下這件T恤，友善的問道。

「Yes, I like it.」不曉得是不是因爲太興奮，這次建華回答得還挺順的。他們兩個聊了起來，才知道原來這位店員也是湖人隊的球迷！雖然建華沒辦法聽懂對方說的每一句話，但因爲聊的是建華最熟悉的球隊和球員，結巴的英語加上比手畫腳，居然也都能了解彼此的意思。

由於聊得太開心，建華竟忘了和家人會合的時間。姊姊在店裡四處找，

終於找到正在和店員聊天的建華。

「不錯嘛！你居然能跟外國人聊天。」姊姊對建華另眼相看。

「嘻嘻，零零落落，也不知道文法對不對啦！」建華笑著說，「不過姊，我發現會說英語眞的很方便耶，不但可以交到不同國籍的朋友，也可以交換最新的ＮＢＡ訊息呢！」

建華覺得這是此行最大的收穫，回台灣後，他一定要向班上的同學好好的吹噓一番！

（吳立萍）

我是中國人，為什麼要學英語？

語言是用來溝通的，例如九十歲的阿公、阿嬤只會說台語，我爲了要跟他們聊天，就要學著講台語。英語也是一樣。不學英語不會怎麼樣，只是無法跟說英語的人溝通。

那我只要不出國，就不需要學習英語囉？

現在交通和資訊都這麼發達，世界已經變成名副其實的地球村了，你不出國，英語卻會「進口」。在報章雜誌上，在你喜歡的各種流行商品上，在網際網路上，愈來愈容易發現英語的蹤跡了。如果看不懂、聽不懂，有時還真的會造成生活上的障礙呢！

通曉不同的語言，能讓你接觸更多新奇的資訊，視野也會開闊起來，何不試試呢？

恭喜你了！

真誠向人道賀

文成小時候十分頑皮，功課也不好，成績經常吊車尾，有幾次還考最後一名，是同學們心目中的「壞學生」。只有品學兼優的惠娟經常鼓勵他，勸他不要自暴自棄。

到了五年級，文成的功課漸漸好起來。到了六年級，竟然提升到全班前五名，成爲同學們心中的「好學生」。

文成的功課進步，多少和他的數學天份有關。低、中年級時，他的數學成績已名列前茅，可惜其他科目太差，把成績拉了下去。升上高年級，數學變難了，同學們普遍感到吃力，他卻愈學愈輕鬆。

當然了，文成的成績進步並不是全靠數學。他不再像從前那麼頑皮，因爲本來就聰明過人，一旦安下心來唸書，自然進步神速。

到了六年級下學期，文成已經緊追在惠娟後頭，只要他的國語再進步一些，就可能趕過惠娟。從一年級開始，段考第一名毫無例外都是惠娟，如果有一天文成能超過惠娟，那可是班上的頭等大事了。

下次段考文成能不能考第一呢？同學們開始打賭，有人賭一客漢堡，有人賭一枝冰棒，有人賭彈十下耳朵……

賭文成考第一的同學，三不五時對文成說：「我們賭你能趕上惠娟，你可不能漏氣啊！」

賭惠娟能保住第一的同學，三不五時對惠娟說：「文成快趕上妳了，妳可不能讓我們失望啊！」

惠娟和文成都覺得很煩，勸同學們不要爲了這件事打賭，但是大家不但不聽，興致反而愈來愈高了。

成績發下來，文成果然超過惠娟！賭文成會贏的同學歡聲雷動，賭惠娟會贏的同學則是埋怨不絕。當天放學時，文成和惠娟不約而同塞給對方一張紙條，文成的那張是這樣寫的：

惠娟：

我能趕上妳，是因爲這次段考的數學和自然難了些，這兩科是我的強項。如果這兩科容易些，我是絕對趕不上妳的。

以前我不用功，還常常調皮搗蛋，成績也很爛，只有妳鼓勵我。其實自從我們同班之後，我一直把妳當成學習的對象。今天意外的超過了妳，心裡很不安，希望妳不要介意。

文成

惠娟的那張紙條是這樣寫的：

文成：

恭喜你了！

你趕上了我，我心裡有點難過，也很高興。難過的是，我初次嘗到失敗的滋味；高興的是，能有你這麼厲害的同學做對手。從前你的功課不好，是因爲你不用功，而我一開始就很用功。如今你用功了，當然能趕上我。大約半年前，我心裡就有準備了。

你的數學那麼好，祝你將來做個科學家，當你登上科學高峰的時候，我會再寫封信向你祝賀。

惠娟

（張之傑）

如果我是惠娟，可能氣得再也不和文成說話。

惠娟還寫信向文成祝賀呢！她的度量和胸襟都不是一般人所能及的。文成能夠從吊車尾進步到段考第一名，可能和他以惠娟爲學習榜樣有關。惠娟很了不起，她的那封信不是每個人能寫得出來的。別人有成就，代表他努力的成果，我們應該向他祝賀，也分享他的喜悅。

1
2

用「心」的禮物最感人

送禮送到心坎裡

我把存錢筒裡的錢全部倒出來，努力的數了好幾次，結果都只有一百八十三元。

眞是慘不忍睹！看著眼前這堆零錢，我的腦筋一片空白，想不出更好的點子，不禁胡思亂想起來：「要是能唸個咒語讓錢變多一點，那該有多好！」「怡靜，妳在發什麼呆呀！」媽媽親切的叫聲把我的意識從遙遠的地方拉了回來。

這時候看到媽媽，我突然像看到救星一般，立刻發揮我的撒嬌本事，整個人黏到媽媽身上，一邊對著她的臉猛親，一邊說：「媽媽，妳借我五百元好不好？我以後天天幫妳搥背。」

「好了，小寶貝，再親下去我就滿臉口水了。來，坐下來告訴我，妳要這麼多錢做什麼？」

「媽媽，妳知道的嘛，美芬是我最要好的同學，下個星期天就是她的生日，我想買個禮物送她。」

「原來如此，那妳打算買什麼送她？」

「我還沒想到呢！不過，總是要買貴一點的東西，那才算得上是禮物，不是嗎？」

「東西不是貴的就好，妳應該送美芬真正喜歡或真正需要的，這樣對方才會感動，懂嗎？」

「可是，貴的東西大家都喜歡，不是嗎？」我搖了搖頭，不太能理解媽媽說的話。

「想想看，假如妳生日的時候有人送妳芭比娃娃，妳會喜歡嗎？芭比娃娃可不便宜哦！」

「才不要呢，我又不喜歡玩芭比娃娃！」我最討厭沒有生命的娃娃了，我還寧可有人送我一隻毛毛蟲。

「那就對了，所以說，禮物的價值不在價錢的高低，而是要對方有用或喜歡的，即使禮物不值什麼錢，對方也會很開心的。」媽媽用很溫柔的眼神看著我：「小寶貝，這樣說妳懂了嗎？」

「嗯，謝謝媽媽，我想我知道要送美芬什麼東西了。」我開心的親了媽媽的臉頰，便急忙去找禮物。

美芬生日那天，大家吃完生日蛋糕後便將美芬團團圍住，準備送禮物。我突然緊張起來，因爲我擔心美芬不喜歡我送的禮物。

布偶、巧克力、漂亮的貼紙、小包包……各式各樣的禮物一一被拆開，終於輪到我的了。

「怡靜，妳……」先前美芬打開其他人的禮物後，都會禮貌性的向送禮的人道謝，但是當她打開我送的禮物時，卻連一句話也說不出來，因爲她感動得要哭出來了。

我知道，我送對東西了！

「妳到底送什麼給美芬，讓她這麼感動？」回家後我把這件事告訴了媽媽，媽媽也覺得很好奇。

「哎呀，也沒什麼啦，我只是送她三個我養的蝶蛹而已！」

Butterfly

因爲美芬和我一樣都喜歡蝴蝶，喜歡看著卵變成幼蟲、化蛹，再變成美麗的蝴蝶飛走。我可是這方面的高手，奇怪的是，美芬每次養到幼蟲就會死掉，所以我特別挑了三個她最喜歡的紫斑蝶蛹送給她。

「她大概沒想到我會送這樣的禮物吧！」我得意的看著媽媽說：「我一毛錢都沒花哦！」

「不過妳用了心，所以她才會這麼感動。」媽媽似乎比美芬還高興呢！

（吳梅東）

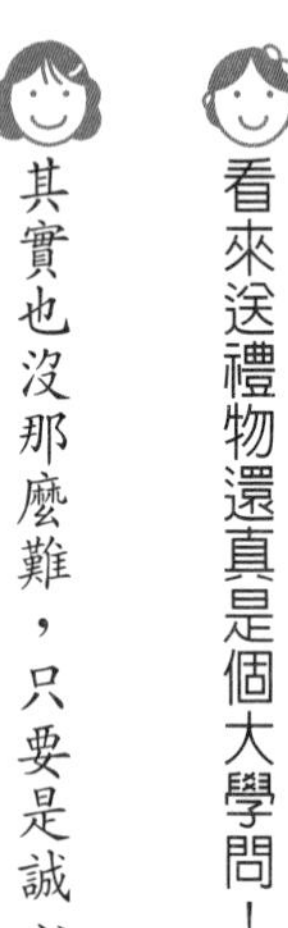

看來送禮物還真是個大學問！

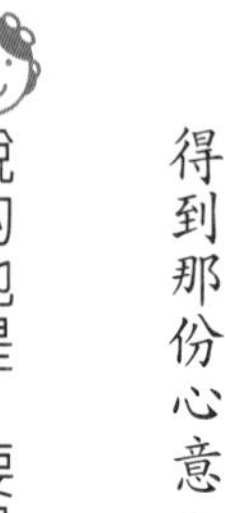

其實也沒那麼難，只要是誠心誠意送的禮物，收禮物的人一定可以感受得到那份心意。

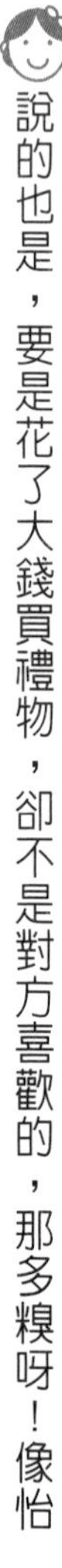

說的也是，要是花了大錢買禮物，卻不是對方喜歡的，那多糗呀！像怡

靜一開始竟然想借錢買禮物，這好像不太對。

沒錯，送禮應該量力而爲，不要超過自己的能力所及，否則就違背送禮的原意了。還好怡靜靈機一動，想到這個既有意義、又有創意的禮物，讓美芬超感動。

如果對方知道我們是借錢買禮物，也會不安心的。

就是這個道理。

欣賞不規則的美

克服表達的障礙

「現在大家都已經分好組別了！接下來的聖誕節話劇演出，老師很期待你們的表演哦！相信到時大家的表現一定會很精采。」

聽完了老師的鼓勵，我覺得我的惡夢才正要開始呢！因為說話結結巴巴的林辰被分在我們這一組。

我們這一組共有五個人，分別要扮演愛麗絲、皇后、兔子、撲克牌和花朵，其中花朵上場的時間最少，台詞也最少，不過雖然只有幾句台詞，句子卻特別長。

林辰平常講話總是斷斷續續的，就算我分配這個台詞最少的角色給她，她也不一定能說得清楚。看著我們這組同學，我的心裡開始有點忐忑不安。

「組……長，我……我可以……可以演……演道具……就就……好。」

正當我為分配角色而傷透腦筋時，林辰像是聽到我心底的聲音，她居然要演「道具」。

「林辰，我們又不是幼稚園小朋友，怎麼能演不會動的樹和石頭呢？」同組的另一位同學想也不想，脫口而出的回應林辰。

「呃，林辰，我們這次的道具都要製作，不用道具角色，妳……妳還是要演其中一個角色。」不知怎麼，我說話也變得緊張兮兮的。

該怎麼辦呢？這真是個麻煩的問題，我決定下課後去請教老師。

我向老師說明了事情的來龍去脈後，沒想到老師笑著說：「妳可以讓林辰演兔子呀！」

聽到老師這個建議，我的眼珠差點沒掉出來。「老師，您不是開玩笑吧？兔子的戲份很多耶，而且每場戲都有台詞，林辰可以嗎？」

老師翻開《愛麗絲夢遊仙境》的劇本，仔細的看了一下，說：「我想應該沒問題，兔子的戲份雖然多，台詞卻都是短的句子，為什麼不給林辰一個機會呢？」

「她……她真的行嗎？」老實說，我很懷疑。

「林辰的媽媽告訴過我，林辰從小學開始才出現口吃的毛病，原本只是說話慢，還不太嚴重；後來因爲每次單獨被叫起來讀課文時，同學總會笑她，漸漸的她就愈來愈沒自信了。」老師說。

原來林辰並不是天生講話就口吃，而是對自己沒自信。

「可是，我怕到時候她還是會緊張，唸不出台詞怎麼辦？」

「所以這次的話劇表演對她會是一個最好的考驗。不過，大家也要給她信心、爲她加油才行。小組長，妳要不要和其他組員溝通一下呢？不一定要把台詞多的角色交給口齒伶俐的人去演，妳可以打破這種『規則』啊！說不定妳們這組的表現會很不一樣哦！」

「打破規則？」我還是不懂，「老師，要怎麼打破規則啊？」

「妳還記得我們上次戶外教學到美術館去看畢卡索的畫展嗎？平常我們說話總是條理分明，而口吃的人說起話，像不像畢卡索筆下的線條，雖然感覺很凌亂，但卻能表達出一種特別的含意？」

「哦，我知道了。林辰說的話，就像畢卡索的畫一樣，是不規則的。」

「是啊，妳當這組的小組長，會比較辛苦一點。帶領林辰多練習幾次，相

信她一定可以做得到。」

帶著老師的建議，走回教室的路上，我似懂非懂的想著。其實平常我們都很少和林辰相處，不夠了解她，也不明白她說話結巴的原因，難怪她根本不相信自己的能力。

經過走廊時，聽見同學們嬉笑吵鬧的聲音，想起林辰平常落寞安靜坐在角落的身影，我突然感受到她身處在「規則」的世界中的辛苦。然而她所表達的「不規則」，真的像畢卡索的畫作，如果人們不去了解與認識，怎麼能懂得「美」在哪裡呢？

在話劇演出之前，雖然要花很多時間和同組的人溝通，但我相信經由這次角色的安排，林辰一定會多出幾位好朋友的。

（凌明玉）

如果我們身邊有像林辰這樣有「難言之隱」的人，說話慢又容易緊張，你會怎麼跟他們相處？

我覺得跟他們溝通很困難。不過，我自己有時候也會突然講不出話來，那時，我也不希望別人笑我啊。

這就對了。當我們設身處地爲他人著想，就能體會對方的困難，而不會想取笑他。其實歷史上有不少名人都曾有口吃的毛病，例如著名的作家魯迅、英國前首相邱吉爾等人。他們都克服了語言表達的障礙，開創出自信又充實的人生呢！

趙自強 談表達

說話是需要鼓勵的

（李美綾）

趙自強，熱愛表演，曾演出多齣舞台劇、電視劇，並主持電視及廣播節目。在公視節目《水果冰淇淋》中反串「水果奶奶」，親切慈祥的形象深受歡迎，曾獲三屆金鐘獎最佳兒童節目主持人獎。二〇〇〇年成立「如果」兒童劇團，為孩子帶來歡樂與夢想。近期作品為《趙自強非聽不可的故事》有聲書（聯經出版）、《強力圓超人：趙自強成長魔法書》（幼獅出版）。

圖片提供／如果兒童劇團

您從小時候就愛聽故事、說故事嗎？

我從小就喜歡聽故事。因爲我的爺爺、奶奶、爸爸、媽媽他們這一輩，經歷了中華民族一段動盪的時期，曾經逃難、與親人別離，走過大江南北，遭遇了許多事，所以我從小聽長輩們講他們的親身經歷，講各種稗官野史、鄉野奇譚，非常過癮。那時候電視還不普及，而且電視對我並不特別有吸引力。我覺得，腦子裡想像的比電視好看多了。

自己開始講故事，是在學校的說話課。師長曾給我很多鼓勵，慢慢的我就有勇氣，願意跟別人講話，這點我覺得自己非常幸運。我覺得說話是需要鼓勵的，在我的廣播節目《九點強強滾》中，我鼓勵小朋友打電話來，現在即使兩、三歲的小朋友都敢打電話來，他們知道不會被罵、被說教。

故事說得好，總會讓人印象深刻，您這種能力是怎麼培養的？

我的經歷可能跟很多人不太一樣，我是從失敗中變得會說話的。

我國中的時候功課很不好，人又長得胖，又不會打籃球，青少年時期所需要的成就感都沒有，非常自卑，自卑到後來，就變成一種搞笑。那就像一顆球被擠壓得太用力了，不得不彈出來。現在每當我看到有小朋友搞笑，我都非常了解他們的心情。

我那時候在班上開玩笑、惡作劇、跟老師頂嘴、把漿糊塗在老師的椅子上、把玻璃打破……不知道爲什麼，心裡好像有一把火，熱得不得了，很難受，卻不知道該怎麼辦。國中三年我極盡誇張之能事，現在會耍寶、演喜劇，大概就是從那個時代開始練習的吧！

後來，我開始跟同學打籃球，變得瘦一點，對自己比較有信心，加上高中時努力讀書，文、史、地的成績都不錯，就找到屬於自己的成就感。我還參加校刊社及教會的活動，跟教會的朋友一起唱歌，一起禱告、討論，朋友的關心讓我慢慢走出孤獨、乖張的自己。

我覺得每個人都需要成功經驗，可以透過一些小小的成就鼓勵自己，不要說：「哎，沒什麼啦！只考第二名。」雖然競爭在這個世界上是不可避免的，但不妨看看自己克服了什麼，做到了什麼事就鼓勵自己一下。

您的許多工作都跟兒童有關，為什麼您很容易跟小朋友打成一片？

這或許就是成功經驗的累積。人之所以會去做一件事，通常是因爲在那件事情上獲得酬賞，那個酬賞會增強做這件事的動力。

我在學生時期當過救國團的服務員，也做過舞台劇演員，有機會參與各種兒童的活動，例如扮小丑、發氣球。我發現小朋友的回應是很天眞的，他不在乎你是不是大牌，只要他覺得你顏色很鮮明、動作很滑稽、講話很好笑，就會喜歡你。

我也曾受雇到醫院、孤兒院去扮小丑，我發現那些孩子在冰冷的水泥建築物裡很孤獨，他們用眼神四處尋找，尋找快樂的所在，而小丑的出現讓他們很開心，這讓我覺得自己是個帶來快樂的人。表演的一個很高的境界就是把快樂分享給別人！那時我告訴自己，我的火不應該用來燒掉自己，而是要燃燒出去，給更多需要溫暖的人。

後來我從事成人節目的演出，有了一些知名度後，就決定把我的知名度用在兒童的世界，主持兒童節目、編劇、導演、劇團等，玩得很開心。

如果說在我的節目中我做到了什麼，那就是我很尊重小朋友，把他們當成我的朋友一樣。我鼓勵他們說，而不是我自己一直說。我從他們說的話中找到他們關心的話題，討論他們關心的事，從來沒有想教他們什麼。

您的廣播節目《台北一定強》讓民眾有機會跟政府官員溝通，當聽衆有誤解或不滿的情緒時，您如何處理？

我的經驗是，第一，建立遊戲規則，例如要求聽衆在四十秒鐘內把話講完。因爲時間很有限，不能浪費在謾罵和發脾氣，聽衆就會冷靜下來，想想該怎麼表達比較好。

第二是減少衝突的接觸面，例如在聽衆講完之後，不要求官員立刻回答。也許先等兩位聽衆說完，或先進一段廣告再來回答。這樣可以讓官員有多一點時間想清楚自己要怎麼回應。

第三就是鼓勵官員先肯定對方的意見，再說明自己的看法，例如說：「這位先生講得很有道理，在這件事情上……」這樣就不容易產生衝突了。

在溝通中更認識自己

去向別人道歉，我覺得很丟臉！

只要上台講話，我的腦筋就一片空白……

誰要是在背後說我壞話，我就不跟他來往！

我想出了新點子，有可能說服全班採用嗎？

班上的決議我反對，說出來有用嗎？

不喜歡被男生捉弄，該怎麼制止他們呢？

生氣一定要亂吼亂叫嗎？

都是誤會一場

有錯能改，表達歉意

四周的空氣彷彿凝結到冰點了。

雖然是冬天，當我走過他身邊，還是被他臉上冷冷的表情嚇到，忍不住要把視線移開，或許我心裡已經不自覺喊了聲「好冷啊！」也說不定。

算一算每天待在學校的時間……天啊！一天中居然有一半以上的時間都會看到他，我在心底默唸他的名字，李——強。

「表哥，我告訴你哦，剛剛站在中庭那個男生，是我同學。」

「眞的嗎？妳和妳同學住在同一個社區哦？難怪他一直在看妳。那你們怎麼不打招呼？」表哥有點不解的看著我。

我聳聳肩說：「才不要咧！誰要和他打招呼？」

「妳該不是不好意思吧？」表哥突然拋過來一個奇怪的眼神。

「喂喂喂，才不是這樣呢！那個小木偶，我連一句話都不想和他多說，何況我今天才和他大吵一架，哼！」我嘟起嘴，對這電梯中的鏡子狠狠的瞪上一眼，好像李強就站在我面前似的。

「眞搞不懂妳們這些小女生。不過妳爲什麼要叫他『小木偶』？」

「因爲他很喜歡強辯啊！什麼事情黑的要說成白的，死的要說成活的，假的也要說成眞的，所以我覺得他像小木偶。就像今天，明明是他作業沒交，可是他卻說第一節下課就放在我桌上了。我翻遍全班的數學作業，眞的沒有他的嘛！他說，反正他有交就是，我一定要負責，我們下課時吵了很久，我快發瘋了！所以我幹嘛和他打招呼。」

「小姐，妳的頭頂在冒煙呢！哎呀，小事一樁，我說那本簿子最後一定會自己『跑出來』的。走吧！我去幫妳修電腦，修好就可以玩遊戲，包管給妳好心情。」

電梯門一開，表哥瀟灑的拎著我的書包走在前頭，好像那本簿子就在他手上似的。說得輕鬆，他又不用當學藝股長，哪裡知道我的痛苦啊？我今天快氣炸了！被李強冤枉不說，等我抱著作業簿去辦公室時，老師好像不太高

興，唉，眞是衰到極點的一天。

而且還有好多作業要寫呢！我看表哥帶來的電腦遊戲也不能玩了，還是先乖乖把功課寫完吧。

「數學習題、作文簿、音樂……天啊！老師吃錯藥了嗎？寫到世界末日也寫不完嘛！」我很不甘願的把作業從書包裡拿出來，啪的全摔在書桌上。

咦？這不是李強的數學作業本嗎？

居然在我的書包裡！？

「哇……」我拿著「不屬於我的本子」火速跑到表哥旁邊。

「完蛋了啦！表哥，這本簿子眞的跑出來了！怎麼會在我的書包裡？」我拚命搖著表哥的肩膀。

表哥看看我手上的簿子，終於搞懂我在說什麼，他認眞的說：「事情大條了，妳同學不是『小木偶』哦！是妳太粗心，自己收到書包裡又誤會他，剛剛還不和人家打招呼。我看妳最好去向他道歉。」

道歉？我怎麼說得出口？「嗯，李同學，對不起。我不小心把你的作業放進書包，不好意思，害你被記缺交，我會和數學老師說的……」哎呀，想到這裡我用力的搖搖頭，這下子老師不就也知道是我粗心，造成同學缺交作業了嗎？好丟臉哦！

表哥看我在猶豫，停下手上的工作：「難道妳害怕嗎？」

「我……我會道歉啦。因爲這眞的是我的疏忽，可是，他一定會生氣的！」我很懊惱。

「嗯，或許他會生氣，也或許不會啊，可是妳一定得先說『對不起』，讓對方感受到妳的誠意。相信我，事情可以順利解決的。」

（凌明玉）

世界上沒有人是從來不犯錯的。不小心犯錯時，要承認是自己的錯，的確很不簡單。然後還要向人表達歉意，這就更難得了。

要我去向人家道歉，我會覺得很丟臉呢！

犯了錯害怕承認，是因爲覺得面子掛不住。但是隱瞞錯誤，或強辯、推

託責任，即使一時保住了面子，卻要時時擔心被別人揭發，這樣不是更辛苦嗎？

與其擔心，不如立刻面對！

如果眞的是自己不對，倒不如認錯、道個歉，事情過去了，又可以坦蕩蕩的過日子了。

小音的「上台恐懼症」

說清楚、講明白，信心自然來

自從小音被選爲總務股長，每個禮拜固定開的班會，就成爲她揮之不去的夢魘。因爲小音不知爲什麼，只要一上台就會緊張得雙腳發抖，講話結結巴巴，連自己都沒辦法控制。

上課鐘響了，又是開班會的時間。小音已經緊張了一天，此時雙手更不自覺的發起抖來，全身微微發熱，她眞希望時間能停止，或是忽然有外星人入侵校園，那就可以不必上台報告了。

「好，接下來請總務股長報告。」主席說。

終究還是得回到現實，在全班同學的注目下，小音拖著僵硬的雙腳上台。看到台下的同學，小音的腦袋亂哄哄的，「上台恐懼症」又出現了。過了好一會兒，她才呑呑吐吐的說：「各……各位同學，我要跟大家報告……

班上的收支狀況……」

明明報告的時間不長，小音卻覺得好像過了一學期那麼久。報告完畢，幾位同學舉手詢問班費運用的情況，讓小音緊張得不曉得怎麼回答，好不容易挨到解釋完畢，回到座位上，小音整個人彷彿快癱掉了。

晚上小音和爸媽在客廳看電視，新聞正播出立法院質詢的畫面，小音想起在學校上台報告的窘況，忍不住說：「眞奇怪，立法委員在台上怎麼都不會緊張，還一副氣勢逼人的模樣，而我卻是一上台腦袋就空空的，話也說不清楚了，我大概是得了『上台恐懼症』吧！」

「上台恐懼症？」媽媽不解的問。於是小音一五一十的說出自己每次班會報告就會緊張到發抖的情形，最後下了一個結論就是：「上台報告簡直就像是在受酷刑！」

「我倒是很好奇，看妳平常表達能力不錯嘛！爲什麼一上台就會緊張走樣了？」爸爸問。

「爸，你不曉得，只要一看到台下那麼多雙眼睛在盯著我看，我心臟都快跳出來了。如果再加上有人舉手發問，我就更慌了。」小音摀住胸口比了個

誇張的手勢。

「好，那妳說說看，如果妳只要跟其中一位同學說明班費的運用情形，妳會怎麼說？」

「我會說，現在的班費剩下多少錢，因爲大家決議下星期去班遊，但是班費不夠支付，所以還要再多交多少錢……」小音不疾不徐的說著。

「看到沒，妳現在就表現得很好啊！所以妳害怕的其實是同學的眼光。妳不要當做是在對全班說話，就當做是在對著妳的好朋友說話，這樣就比較不會緊張了。」爸爸鼓勵小音。「還有，上台報告的時候要特別注意說話的速度和音量，速度不要太快或太慢，音量也要大聲一點。」

「是這樣哦。」小音搔搔頭，「不過我還是很怕表現不好耶！」

「我以前也當過幹部，也很害怕上台，常常一上台，整個人都傻住了。」媽媽說，「後來我的老師提醒我，先把要報告的事項整理好寫在紙上，這樣才不會一上台就慌了手腳，不知所措。」

「是啊，上台報告時，只要將事情交代清楚，讓同學了解妳想表達的就好了。而且把握機會多上台報告，還可以訓練自己的膽量呢！」爸爸說。

「這些辦法我試試看。」

「說不定小音克服了『上台恐懼症』，以後長大了可以出馬競選立委哦！」媽媽開玩笑說。

（王一婷）

上台對大家說話，是一種表達的訓練，不但可以增進口語表達的能力，對報告的內容也會記得更深刻呢！

記得上學期社會課時，老師要求同學分組上台報告，我們小組成員為了讓同學明白報告的內容，合力製作了海報和幻燈片當輔助工具，並且反覆練習，雖然準備得很辛苦，但是報告獲得大家的肯定，真是開心。那次的小組報告是可貴的經驗。

所以囉，對上台報告的恐懼並不是不能克服的，充分準備和練習就是戰勝恐懼最好的方法。

關不住的嘴巴

說壞話終究會傷了自己

下課了。從前總有兩、三個同學跟我一起肩併肩，愉快的談天作伴，現在卻只剩下我一個人獨自在校園裡漫無目的走著，唉！都怪我愛亂說話，又喜歡加油添醋，現在眞是自食惡果，同學一個個都不理我了。

本來我在班上的人緣還不錯。放暑假的時候，我從表姊那裡學會了編織手機吊飾，就把作品拿到班上炫耀、展示，讓同學個個羨慕得要命，紛紛向我請教怎麼做，還有人要拜我爲師。像我這樣古道熱腸的人，當然是義不容辭的答應收徒囉！

於是每次下課後，我身邊便會圍繞著好多同學，大家一邊製作手機吊飾，一邊閒聊，久而久之，我成了班上重要的「情報站」，不管是小道消息，或是同學之間的小祕密，幾乎都逃不過我的「雷達」。

然而錯誤就出在我曉得許多同學的祕密，但偏偏嘴巴又關不住，老愛在這些事上做文章。

最初是宛眞偷偷告訴我，她對筱梅最近的行爲不太高興。

「筱梅明明知道我對隔壁班的國傳有好感，竟然還跑去跟國傳說我這次數學只考六十二分，眞是的！」宛眞說。

不巧後來我陪筱梅去買吊飾材料的時候，聊著聊著竟說溜了嘴，將宛眞的不滿說了出來，筱梅聽了當然也很生氣。

「宛眞自己做的才叫做過份呢！有一次她在全班同學面前，拿著我的英文考卷說，怎麼連這種題目也會寫錯，當時我眞的又氣又糗，差點不想跟她做朋友了呢！」筱梅說。

聊著聊著，我就忍不住說了一些同學的小祕密給筱梅聽，筱梅大概覺得我很夠朋友吧，於是也把她知道的小祕密說給我聽，讓我又獲得不少可貴的「情報」。

本來我覺得把別人的祕密說出去似乎不太道德，但是幾次不小心說溜了嘴之後，我發現很多同學也很愛聽啊！而且只要跟同學交換祕密，就能知道

更多不為人知的消息，讓我覺得自己就像「先知」一樣，很多同學也因此把我當成知心朋友。反正只要對方不知道就好了嘛！我不但沒有損失，還受到同學的歡迎呢！

於是我變得愈來愈喜歡在同學背後「交換情報」，而且為了讓故事更「高潮迭起」，我不免運用豐富的想像力，加油添醋一番，把小事說成大事，把沒事說成有事。

比如，如果有同學跟我抱怨：「榮茂跟我借了遊戲卡還沒還」，透過我說出來就變成：「榮茂向人家借遊戲卡，可能是想佔為己有哦，不然幹嘛借那麼久不還？借他遊戲卡的同學說像他這種人最自私了。」

有幾次，同學們因為我說的話產生了嫌隙，原本是好朋友的同學因此翻臉了。不過這不能怪我吧！他們本來就對對方不滿啊！

但是不久前，有同學私下討論，發現他們聽到的祕密都是從我這裡「原封出廠」的。他們有人詳細比對，發現很多話都是憑空捏造，而那個無中生有的人就是我。

一下子，我從受人愛戴的天使變成使人失和的害群之馬，許多同學都氣

我踐踏了他們對我的信任，還在人背後嚼舌根、說壞話。

我眞的不是故意要這樣的，我只是以爲這樣做會讓大家更重視、喜歡我，沒想到，最後竟然害慘了自己。

（王一婷）

從前我們班上也有一位同學喜歡在背後說人壞話，後來同學知道他有這種習慣，都跟他保持距離了。

人與人之間有話不當面溝通，很容易造成誤會，這時如果有人在中間傳話、加油添醋，就更容易引起紛爭和衝突。當衝突發生時，心平氣和的澄清是最好的辦法，也可以防止其他人繼續搞破壞。

在閒聊時論人長短，交換小祕密，對許多人來說是一種誘惑，但這只會讓人與人的距離愈來愈遠，無法發展眞正的友誼。如果不希望自己變成別人閒聊的對象，也考慮一下別人被你說閒話時的感受吧！

紅緞帶，加油！

說服家人，建立共識

學校運動會快到了，這幾天放學後，大家都留下來認眞練習，希望到時候會有好成績。練習大隊接力的時候，佳佳跟秀秀說：「我大姊她們班在運動會的時候，會穿著自己設計的班服，看起來既整齊又有特色！」

可是佳佳她們沒有班服，而且學校規定運動會時必須穿著體育服裝。這時秀秀忽然靈機一動，說：「雖然我們沒有自己的班服，可是我們可以綁一樣的緞帶，效果也是一樣的！」

秀秀的建議獲得了佳佳的支持，她們決定在班會時提出來，請全班女同學在運動會那天都綁上紅色的緞帶。

但是到了開班會那天，秀秀的建議一提出來，淑惠立刻表示反對：「老師，我反對。因爲有些同學的頭髮比較短，緞帶綁不牢，而且跑步時還要擔

心緞帶掉了，一點也不方便。」

許多短頭髮的女同學都贊成淑惠的意見。佳佳爲了說服大家，就以姊姊她們穿班服的例子說明：「我和秀秀只是希望大家可以在運動會那天表現出整齊和特色。」

淑惠和其他短頭髮的同學聽了，也覺得有道理，可是她們還是認爲綁緞帶對短頭髮的人來說眞的很不方便。何況運動會時，大家都要參加比賽，跑跑跳跳，緞帶在比賽過程中很容易掉。

秀秀想了又想，剛好看見有個同學頭上夾了髮夾，她想到了一個辦法。

「我們可以用黑色的小夾子夾住緞帶啊！」秀秀說，「先把緞帶綁成蝴蝶結，然後用小夾子夾住就不會掉了。」

大家一陣議論，有人懷疑小夾子是否夾得住蝴蝶結。

「不然我們去買緞帶和小夾子來實驗看看，如果可行，請大家考慮接受這個建議。」秀秀說。

放學後，秀秀和佳佳去買了緞帶和小夾子。她們試著打好蝴蝶結，然後夾在頭髮上，可是她們發現，只要跑幾步路，蝴蝶結就很容易散開。

5
3
年
班

「看來只能放棄了。」秀秀氣餒的說。

佳佳回家後，姊姊看她買了新緞帶，很高興的跟她借來用。

「送給妳吧，反正我也用不著了。」佳佳大方的說。

「怎麼了？」姊姊問，「發生了什麼事？」

於是佳佳把事情的經過跟姊姊說了，姊姊聽完，想了一下，笑著說：「小笨蛋！妳怕蝴蝶結散開，不會把它縫起來嗎？」

佳佳聽了，恍然大悟：「我真笨！怎麼沒想到可以把蝴蝶結縫起來呢？」

姊姊立刻拿出針線包，幫佳佳縫好一個蝴蝶結，說：「妳看，只要在這裡縫幾針固定，蝴蝶結就不會散開了！」

太好了！終於找到解決的辦法，佳佳很高興的打電話告訴秀秀，兩個人分別做了幾個蝴蝶結，打算隔天帶到學校讓大家試用。

第二天放學後，大家輪流戴上秀秀和佳佳準備的蝴蝶結練習大隊接力，結果蝴蝶結果然不會鬆掉！於是所有人都接受了綁蝴蝶結的提議。

在運動會那天，五年三班的女同學全都綁上了一個漂亮的紅色蝴蝶結，果然成了全校最搶眼的班級！

（吳書綺）

如果是我，我也會反對秀秀和佳佳的提議，因為我不喜歡在頭髮上綁任何東西。

如果只是說妳自己不喜歡，恐怕不容易得到大家的支持。要說服別人，最重要的是爲大家提出解決問題的方法。秀秀和佳佳認爲大家一起綁蝴蝶結，可以表現出整齊和特色。妳不同意嗎？

我覺得有特色很好啊！但是不要綁蝴蝶結。我想一定也有人不想在頭髮上綁東西，所以我會提出另外一個建議，就是把紅色的緞帶綁在手臂上，這樣既方便、顯眼，又不容易影響活動。

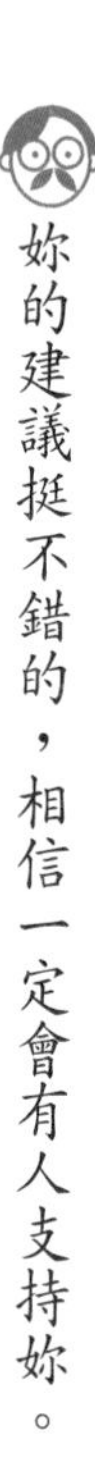

妳的建議挺不錯的，相信一定會有人支持妳。

我不想去蝴蝶谷

清楚表達不同的意見

班會的時候，王老師說：「下個月底我們就要去遠足了，今天來討論遠足的地點吧！」因爲時間只有一天，所以老師建議大家不要去太遠的地方。

「我覺得去蝴蝶谷野餐剛剛好，因爲從學校走到蝴蝶谷只要三十分鐘。」美眞提議。

「我覺得富國農場更適合，不但可以野餐又有得玩！」小祥也提議。

陸續有同學提出建議，光是地點就提出了七、八個，一時間教室裡一片鬧哄哄的。

「大家安靜一下！」班長想用表決的方式來決定：「現在有這麼多地點，應該可以表決了。在表決之前，請提議的同學說明一下，爲什麼提出這樣的地點。」

「蝴蝶谷離學校很近，而且一路上會經過好幾個漂亮的花園跟田地，很適合遠足和野餐。」美貞站起來說。

「富國農場也可以野餐，野餐後還有遊樂設施可以玩，所以富國農場更適合。」小祥的說法得到很多男生的支持，大家大聲叫好。

「蝴蝶谷不只可以玩，還有不同的景色和生物可以欣賞，去蝴蝶谷遠足才能算是出去玩。」美貞接著說。

玉湘也附和：「蝴蝶谷那邊有好多種漂亮又罕見的蝴蝶，我們可以一邊野餐、一邊欣賞，野餐後也可以觀察蝴蝶和魚的生態，要是天氣太熱還可以下水去玩，所以我覺得去蝴蝶谷比較好！」美貞的說法有道理，玉湘的補充更讓大家心動，王老師也覺得蝴蝶谷的建議很好，遠足地點幾乎確定是去蝴蝶谷了！

可是小祥才不這樣認爲哩！

「那些蝴蝶有什麼好看的？富國農場的遊樂設施才多、才好玩哩！」小祥心裡想。他想跟大家說明這一點，可是卻不知道要怎麼說服大家。更糟糕的是，他看到原本想去富國農場的同學聽了玉湘的話，似乎也改變心意，想去

蝴蝶谷了！

小祥愈想愈急，脫口大叫：「反正我不想去蝴蝶谷啦！」他這一聲大叫，把大家嚇了一跳，美真有點不高興，說：「你不想去，用說的就好了，何必叫這麼大聲？」

許多同學也點頭，表示同意美真的說法。

「大家先安靜下來。」王老師接著對小祥說：「小祥，你是不是有不一樣的意見？」

小祥用力點點頭。全班同學都在看他，他緊張得不知道要怎麼說。

「你可以把自己不想去蝴蝶谷的理由，以及想去富國農場的理由都跟大家說清楚。」王老師說，「不能只說你不想去蝴蝶谷，因爲這樣大家會覺得你在搗亂。」

於是小祥把自己想玩遊樂設施的意見說出來，他的意見也獲得了幾個同學的支持。

王老師點點頭說：「小祥說得很好，蝴蝶谷和富國農場都是很好的地點，不過我們這次只能去一個地方，所以現在來投票表決，選出多數人想去的地方。」

表決的結果，還是蝴蝶谷得票最多，小祥和幾個想去富國農場的同學覺得很失望，但既然表示過意見了，也只好接受表決的結果，跟大家一起去蝴蝶谷玩囉！

（吳書綺）

小祥這樣大叫，會引起大家的反感。

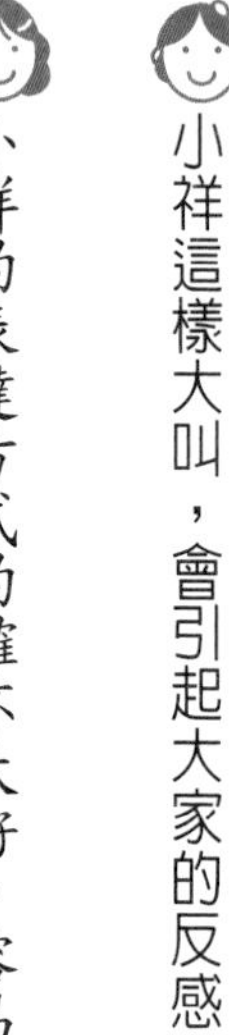

小祥的表達方式的確不太好，容易讓同學誤會，引起衝突。不過要在這麼多同學面前表達不一樣的意見，並不是很容易的事，例如有些人雖然有反對的意見，卻悶在心裡不說出來，等到表決的結果出來，又不願意配合多數的決定。

如果覺得反對也沒用，那又何必說出來呢？

我們在討論與眾人有關的事情時，如果只是要知道有多少人贊成、多少人反對，然後要求少數服從多數，那直接表決不就行了？但其實不是這樣。把贊成或反對的理由說出來，可以讓大家更了解彼此的想法，也更懂得尊重他人、彼此體諒。

線條色彩會說話

善用圖像表情達意

畢卡索是二十世紀最知名的西班牙畫家之一，他遺留給後世許多不朽的經典畫作。他的作品大多取材自生活中的所見所聞，利用創新的繪畫技巧，表達出他內心的感受，進而引起觀畫者的共鳴。

例如他在一九〇五年畫的《雜耍藝人之家》，把馬戲團的小丑、耍把戲的、翻筋斗的都聚集在蔚藍的晴空之下，畫中人物都是畢卡索的好朋友，被寫實且生動的描繪在畫布上。觀賞這幅畫，不僅對這「雜耍藝人之家」裡的每個人印象深刻，而且也興起尊敬之情。

一九三七年，西班牙內戰的第二年，德國納粹藉著演習之名，大肆轟炸格爾尼卡小城，將全城炸成廢墟，幾乎炸死了所有居民。

痛恨戰爭和侵略的畢卡索，當時正旅居在巴黎，他聽到這個消息，感到

悲憤萬分，隨後便接受西班牙共和政府的邀約，爲巴黎世界博覽會的西班牙館畫了一幅《格爾尼卡》，並將納粹德國轟炸格爾尼卡小城的情景描繪出來，藉由此畫，表達了對侵略者最嚴正的抗議。

畫面是令人深感沉悶的單一灰色，畫裡的牛殘暴，象徵侵略者的冷酷無情；昂首嘶鳴的馬代表著無辜的人民被欺凌，發出哀號之聲；至於無助的百姓則驚慌失措，有的哭泣、有的奔逃、有的被踐踏……這眞是一幅令人怵目驚心的畫作，可見畢卡索對戰爭是多麼痛恨與反感！

這幅畫在一九三九年巴黎萬國博覽會展出，當年博覽會的主題是「進步與和平」，這幅畫正好牽動了人們對侵略者的憤怒與反戰的情緒。

在第二次世界大戰期間，歐洲各地仍受到戰亂之苦，有一次，一群德國官兵到巴黎的畢卡索藝術館來。畢卡索發給他們一人一張《格爾尼卡》的小型複製畫。

「這是你的傑作嗎？」一位德國軍官指著那張《格爾尼卡》詢問畢卡索。

「不，這是你們的傑作！」畢卡索意有所指的回答。

畢卡索藉由圖像的創作表達了自己的情感、思想和理念，也藉由圖像和大眾對談及溝通。在巧思和巧技的呈現下，圖像成了極佳的媒介，甚至比文字和言語更具說服力和感染力。

我們雖然不是畫家，但是一樣可以用圖像來訴說自己的心情。圖像就像無聲的語言，藉由各種點、線、面的變化和不同顏色的呈現，訴說了畫者心底的聲音。

（吳嘉玲）

為什麼畢卡索的作品這麼出名？

除了藝術技巧很突出之外，更重要的是，畢卡索的畫表現了高貴的情操，讓人們在解讀他的作品時也受到深深的感動。

為什麼一幅畫會有這麼大的吸引力？

繪畫或圖像的體積比文字來得大，再加上有豐富多變的色彩，很容易讓

觀者留下深刻的印象。

我們看畫時，就像在和畫者進行心靈的對話。畫者利用線條和色彩來向觀者訴說心情故事，觀者用心去體會和解讀圖像的含意。這也是互動和溝通的一種方式。要是有些事情或心情不便用文字和言語表白時，藉由圖像來表達，會產生意想不到的效果哦！

可是我畫得不好，怎麼用圖畫和別人溝通呢？

畫畫的技巧可以由觀察和練習來增進，但是別忘了，能表情達意也是好畫的必要條件，不一定要正經八百的畫。另外，圖像也可以搭配文字一起呈現，類似漫畫或交換日記那樣圖文並茂的溝通方式也很受歡迎呢！

恐怖跟蹤記

堅定說出「不喜歡」

這學期一開學就重新分班，班上只有十幾個同學是慧芸以前的同學。

雖然慧芸的個性不是那麼活潑，但因爲她很熱心的參加各種活動，所以大家都很喜歡她。不過班上有幾個愛搗蛋的男生讓慧芸很受不了，他們會想出各種點子來捉弄人，陳子奇就是其中一個。

有一陣子，慧芸坐在陳子奇的隔壁。

「咦，妳怎麼把橡皮擦放在我這邊？」有一次，陳子奇指著桌上的橡皮擦對慧芸說，「哦，我知道了，妳暗戀我，想找機會接近我！」

「才沒有呢！橡皮擦還給我啦！」明明就是陳子奇自己把橡皮擦拿走的。

還有一次更過份，慧芸和陳子奇在講話，陳子奇突然指著黑板，說：

「妳看那是什麼？」

慧芸順著他指的方向看過去，沒有東西啊！可是當她轉頭回來時，嘴卻碰到陳子奇靠得很近的臉上。

「哎呀，妳怎麼親我呢？」陳子奇一副死皮賴臉的樣子，讓慧芸又氣又羞，卻說不出話來。

不過這都還是小事，因爲過了沒多久，班上又傳出讓慧芸覺得頭痛的「緋聞」來。

原來林國佑喜歡慧芸，還告訴跟他最要好的陳子奇，陳子奇是個「大嘴巴」，當然向全班宣布，讓慧芸覺得很尷尬。她根本不喜歡林國佑，但又不知道該怎麼解釋，只好每次看到林國佑就趕緊避開，不然就是假裝沒看見。

「喂，林國佑喜歡妳耶，他問妳要不要做他的女朋友？」陳子奇老是找機會逗慧芸，慧芸覺得好煩。

星期三下午，學校不上課，慧芸跟著放學路隊走出校門口，要去坐公車，但是她發現陳子奇和林國佑跟在她的後面，兩個人不懷好意的一直注意著慧芸，而且不時發出笑鬧聲。陳子奇還跑過來問她：「葉慧芸，妳現在要回家嗎？」

「關你什麼事？」慧芸覺得不太對，「你們要做什麼？」

「沒什麼啊！只是要護送妳回家。」陳子奇笑著說。

他們兩個該不是要跟慧芸回家吧？慧芸眞不知道這兩個人究竟要做什麼。到了站牌，她一邊等公車，一邊擔心著，眞希望陳子奇說的不是眞的。

一班公車來了，慧芸故意不上車，可是那兩個討厭的人也沒上車。他們好像跟定慧芸了。

「好煩哦！他們到底要做什麼？」慧芸心裡想。

最後慧芸只好上了公車，而且也眼睜睜看著那兩個討厭的人跟了上來。這一路上，慧芸不時注意著他們兩人的動靜。他們還是那副嘻皮笑臉的模樣，交頭接耳著。

公車到站了！慧芸心事重重的下了車，陳子奇和林國佑也跟著下來，她的擔心和害怕愈來愈強烈。她慢慢往家裡走，終於走到家門口，拿出鑰匙開了門，回頭一看，那兩個人已經走過來，好像準備跟她進去。

這時候，慧芸的恐懼頓時轉爲憤怒，她很生氣的瞪著眼前這兩個人，那種眼神好像在說：「你們不要再過來，不然的話，我就跟你們拚了！」陳子奇和林國佑第一次看到慧芸這樣的表情，一時也呆住，把笑臉收起來。

就這樣僵持了一會兒，林國佑拉拉陳子奇的衣服，使了一個眼色，好像在說：「好了，不玩了。」

一向嘻皮笑臉慣了的陳子奇，離去之前還不忘耍嘴皮子：「葉慧芸，那我們就不進去囉！代我們向伯父、伯母問好！」

等到兩個人走遠了，慧芸才轉身走進門裡。

（李美綾）

如果換成你是慧芸，你有什麼感想？你會怎麼做？

哇，我不敢想！雖然只是在捉弄女生，但是好像過份了些。

當別人對我們做出一些我們不喜歡的事情，例如有些男生喜歡拉女生的髮辮，或高壯的同學推拉矮小的同學，我們要很清楚的讓對方知道「我不喜歡這樣」、「不可以這樣」，並且很堅定的要求對方停止。

也許剛開始只是想開玩笑，但玩笑過了火，就會讓人生氣。

如果雙方都覺得是開玩笑，那就沒關係，但是如果有一方覺得不舒服，就要提醒另一方馬上停止，這樣才不會到最後造成不愉快。

媽媽，您在哪裡？

訴說思念之情

美英還不到兩歲時，爸媽就離婚了。她一直跟爸爸住，印象中從沒見過媽媽。她很想念媽媽，更想見見媽媽，但她不知道媽媽住在什麼地方，只能將思念埋在心裡。

在美英很小的時候，祖母曾對她說，媽媽因爲做了「壞事」，所以爸爸就跟她離婚了。後來美英漸漸長大，祖母透露得較多，她才根據祖母說的，逐漸拼湊出爸媽離婚的原因。

在美英剛滿一歲的時候，媽媽遇到青梅竹馬的戀人，從此就經常離家出走。爸爸去找媽媽，要她回家，她就提議離婚。爸爸最後答應離婚，但是開出一個條件——永遠不許回來探視女兒美英。媽媽爲了離婚，答應了這個條件。離婚之後，爸爸把媽媽的所有照片——包括結婚照——付之一炬，所以美

英根本不知道媽媽的模樣。她只知道媽媽的名字——陳美惠，此外就是一片空白了。爸爸離婚後沒有再娶，專心照顧美英，可是不許她提起媽媽。關於媽媽的事，美英都是從祖母那裡聽來的。

國小五年級的時候，有次作文課，老師要大家寫「最難忘的人」，美英想到了媽媽：「我好羨慕同學們都有媽媽。我也有媽媽，可是我不知道媽媽長得什麼樣，也不知道她現在在哪裡。媽媽，您在哪裡？我好想念您，您也在想念我嗎？」

級任老師看了美英的作文，把她找來，親切的問她：「妳眞的那麼想念媽媽？」美英的眼淚像泉水般湧出，她說不出話來，只是連連點頭。

級任老師注視著她，欲言又止的說：「我可能可以幫妳找到媽媽，過幾天再給妳回音，不過千萬不要把這件事告訴妳爸爸。」

美英以爲老師要查電話簿，可是跟她媽媽同名的人太多了，無從查起。再說，祖母告訴過她，媽媽青梅竹馬的戀人住在南部，她可能已經到南部去了，怎麼查呢？美英以爲老師在安慰她，並沒有把老師的話當眞。

隔了一天，老師又把美英找去，從抽屜裡拿出一張照片給她看，美英覺得照片上的女人有點眼熟，但想不出是誰。老師輕聲的說：「她就是妳的媽媽！」美英覺得不可思議，老師繼續說：「妳剛進小學時，妳媽媽就來學校找級任老師，從此經常在妳放學時從遠遠的地方看著妳，這事情很多老師都知道，但妳媽媽希望我們不要告訴妳，所以沒人說過。」

原來媽媽一直在看著美英！老師的話還沒說完，美英就抱著照片大哭，這時忽然覺得有人抱著她，哭喊著她的名字，她以為是級任老師，仰起頭來，淚眼中看到一位婦人，那不是老師，是照片中的媽媽啊！

原來媽媽早已來到學校，否則那張照片怎麼來的？媽媽假裝是老師，坐在斜對面的一張辦公桌上，她對老師說，她不能現身，只想就近看看美英。但是當她看到女兒抱著自己的照片大哭，就再也忍不住，衝出來抱著美英，兩個人哭成一團了。

（張之傑）

我們班上有好幾個同學的爸媽離婚。

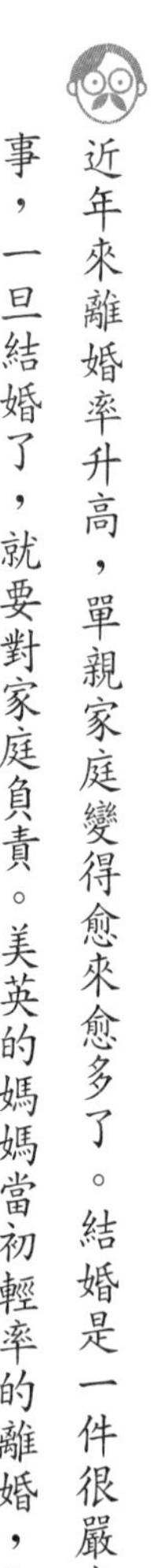

近年來離婚率升高，單親家庭變得愈來愈多了。結婚是一件很嚴肅的事，一旦結婚了，就要對家庭負責。美英的媽媽當初輕率的離婚，卻沒想到對女兒造成的影響，自己也留下遺憾。

美英的媽媽不是有位青梅竹馬的戀人嗎？

也許她反悔了，也許那位青梅竹馬的戀人離她而去了，不管怎麼說，經過這段波折，她發現母女的感情是更難以割捨的。

都是美英寫了那篇作文，才會意外找到媽媽。

是啊！美英對媽媽的思念之情，無法向家人訴說，只好藉著文字來表達。沒想到，原來美英的媽媽一直和老師有聯繫，只是基於離婚協議，不便出來和女兒相認。所以當她知道從沒見過面的女兒那麼想念她，她也非常激動。

和吳彩美做個朋友吧！

冷嘲熱諷傷感情

「不錯嘛！吳彩美，又考了一百分。」

「吳彩美，妳的泳技眞好哩！」

「喲，聽說妳昨天又溫習功課到十一點多，好認眞哦！」

這些都是劉曉悌對吳彩美的讚美，但是班上同學們聽起來，卻都覺得有些刺耳。

從一到三年級，劉曉悌都是當班長，功課全班第一，成績總在九十五分以上，是班上的「風雲人物」，大家覺得她很厲害，凡事都要問她的意見，有什麼活動也都提議要她參加。但是劉曉悌覺得有些同學喜歡圍在她身旁討好她，想沾她的光，這種行爲眞是好煩哦！所以她對那些想討好她來獲得好成績的同學一向愛理不理。

然而，自從吳彩美轉學到班上後，一切都改變了。

吳彩美不但功課比劉曉悌好，游泳和彈琴更是棒透了。不過最可惡的是，吳彩美的人緣奇佳。劉曉悌覺得她那張虛僞的笑臉就像她的功課一樣討人厭。漸漸的，吳彩美受到全班同學的愛戴，而劉曉悌則開始被大家忽略。

下課時，劉曉悌座位旁鬧哄哄的人群不見了；上游泳課時，也不再有那麼多同學爭著要和她同一組。劉曉悌不在乎少了幾個拍她馬屁的同學，但是眼看著吳彩美搶了自己在同學心中尊貴的地位，讓她耿耿於懷。

本來劉曉悌想故意裝作冷漠，讓同學們知道她的不滿，但沒想到一點用也沒有。沒有人在意她的心情好不好，甚至還有人以爲她是因爲考不好、過於自責，才變得安靜不說話的。

同學們沒反應，更讓劉曉悌悶悶不樂，所以每當她看到大家和吳彩美在一起打打鬧鬧談笑時，就忍不住想發洩心中的不滿，那些聽起來尖酸刻薄的話，就像決了堤的洪流，一湧而出。

「吳彩美，看妳這麼累，昨天是不是又溫習到半夜才睡覺啊？」

「下午要考數學，妳又要拿一百分了吧！」

其實每當劉曉悌說完這些話，她的心裡並沒有快樂一點。甚至，當她感覺到原本熱鬧的氣氛，因爲她講的話而突然變得安安靜靜時，也會有些懊惱。看到同學們對她疏離冷淡的眼神，讓她開始討厭自己，也更討厭吳彩美，她不知道該怎麼辦才好。

夜深人靜時，劉曉悌坐在書桌前發呆，她竟然聽到心裡有一個小小的聲音，不斷哀求著她：「和吳彩美做個朋友吧！」

（許玉敏）

劉曉悌到底在想什麼啊？

劉曉悌從小功課就很好，同學們羨慕她、崇拜她，想和她做朋友，但她卻心高氣傲，看不起功課比她差的同學，以爲那些同學都想討好她、利用她。其實，一定有一些同學是誠心的想跟她做朋友，可是她卻以驕傲、冷漠的態度回應，這樣自然交不到好朋友。

為什麼大家比較喜歡吳彩美呢？

吳彩美功課雖好，卻不會擺出高高在上的姿態，總是笑臉迎人，樂於和大家打成一片，就像磁鐵一般吸引了所有同學的友情。劉曉悌對她冷嘲熱諷，她也不在意，表現出自信和自在。

劉曉悌該怎麼辦呢？

其實劉曉悌也很渴望友情，當她看到吳彩美受人歡迎，心裡也很羨慕，但是她不知道怎麼辦。來自心底的聲音在呼喚她，只要她願意改變待人的態度，學習寬大、包容的心胸，就可以拋開不滿和氣憤，找到眞正的友情了。

上學除了求知，學習做人處事的道理也很重要。用嘲笑或譏諷的話語來表達心情，只會讓別人離我們更遠！

生氣別像火山爆發

適度表達心中的不滿

一回家，維民就走進房間，「砰！」的一聲將房門重重關上。

「維民，你怎麼了？」媽媽敲著房門輕聲的問。可是維民不開門，只是把自己關在房裡，連晚飯也不吃。

媽媽曉得，維民一定是遇到不愉快的事了。只好等到維民自己打開房門，媽媽才進房間，問他究竟是為了什麼事不開心。原來維民這學期被選為壁報小組的一員，要和班上其他兩位同學培宏和嘉恩一起製作教室的壁報。

一開始，三個人還湊在一起認眞的討論該怎麼設計版面，可是到後來，培宏和嘉恩卻常常藉口要補習，或者家裡有事，不討論也不做事，買材料和畫圖的工作幾乎都是維民一個人做，辛苦、累不說，心裡更不是滋味。

眼看著離學校規定的完成日期只剩下兩個星期了，培宏和嘉恩做起事來卻還是慢吞吞的，維民心急，但也只能生悶氣。

「今天早上老師問我爲什麼壁報製作的進度那麼慢，我想到自己忙得要死，另外兩個人卻像烏龜散步一樣，不當一回事，滿肚子的委屈實在憋不住。」維民說給媽媽聽，「放學後，我要他們兩個留下來做壁報，他們居然說要去補習！我氣得把他們大罵了一頓，結果他們還不認爲自己有錯，說這樣叫做分工合作，而且補習不能不去。我愈想愈氣，差點動手和他們打架！」

「那後來呢？」

「吵完之後，大家都覺得很尷尬，氣氛變得好僵哦！眞不曉得剩下來的工作要怎麼完成。」維民嘆著氣說。

媽媽了解了整件事情的來龍去脈，覺得這兩位同學散漫的做事態度的確不好，但維民表達的方式似乎也過於衝動了。「既然你覺得同學不該把工作全推在你的身上，爲什麼不早點和他們說清楚呢？」

「一開始我是覺得不太高興，但是想忍一忍就過去了，一直到最後眞的氣不過了，才像火山爆發一樣不可收拾……可是本來就是他們不對啊！我理直氣壯爲什麼不能罵他們？」

「表達心中的不滿是沒錯，但方式上是要經過考慮的。」媽媽解釋，「今天你在氣頭上，態度是不是很兇呢？生氣的時候和同學爭辯，有理也說不清楚，反而容易把一些原本不相干的事也牽扯進來，友誼也被破壞了。」

「不然應該怎麼做？」

「當你心中開始對同學感到不滿時，就要把感覺說出來，讓他們了解，也盡快找出解決之道，這或許比你埋頭做壁報，心裡卻累積怒氣要好得多。」

「現在事情搞僵了，不就沒救了？」維民沮喪的說。

「沒那麼糟糕啦！」媽媽安慰他，「培宏和嘉恩應該也沒料到你的反應會那麼激烈，現在既然曉得問題的癥結，你們三人不妨好好談一談工作和時間如何分配，這樣兩星期後才能交出漂亮的成績單啊！」

（王一婷）

氣！氣！氣！每次我生氣的時候都會忍不住亂罵人。但生完了氣，我都很後悔，因為場面常常被我弄得很難看。

生氣多半是因爲受到挫折，受到挫折時會想發脾氣，但也有其他的方式可以面對，例如把自己的想法講出來讓對方了解、將問題解決。雖然我們有表達不滿的權利，但也該增進自己的溝通技巧以及幽默感，才不會常常陷在怒氣裡。

生氣是正常的情緒，但是怒氣發洩時往往會傷人，所以表達的方式和時機要有所取捨，才不會在氣頭上說了不該說的話，傷了彼此的和氣，甚至造成遺憾。

如果生氣的是別人，那該怎麼辦？

如果遇到有人對我們發脾氣，表示他受了某些挫折，這時可不要輕易被對方激怒，而是要去了解他生氣的原因。在氣頭上的人往往會說些情緒化的字眼，讓人聽了不高興，但我們不必放在心上。可以先安撫對方，讓怒氣平息；或是先迴避對方，等他氣消了再跟他溝通。溝通時保持理性、誠懇，這樣怒氣就不會傳染給我們了。

黑幼龍談溝通

有自信的人不會覺得被打擊

（李美綾）

圖片提供／黑幼龍

黑幼龍，美國羅耀拉大學碩士，曾任職於休斯飛機公司、宏碁電腦、光啓社，一九八七年將卡內基訓練引進台灣，助人增進表達與溝通能力。一九九〇年起開辦青少年卡內基課程。與青少年有關的著作為《與成長同行》、《讓自己發光》（天下文化出版）、《一根弦的小提琴》（平裝本出版）。

在您的記憶中，是否曾和父母發生過衝突？

在我們那個年代，爸爸都是很威權的，會罵人、打人，學校老師也會打人，所以我們幾乎不敢跟父母、老師有什麼衝突。

但因為管教嚴格，也造成了很可惜的損失，例如因為爸爸管得很嚴，我們之間沒有互動、沒有溝通，我們渴望得到的肯定、讚美、關心，都得不到。現在回想起來，那時候之所以表現得那麼差，不只是功課不好，而且上進心和企圖心也沒有，還學會抽煙，都跟這些有關。

這讓我想到，美國的政黨對立很嚴重，勞工問題也很嚴重，常常有罷工，不過最後總是能解決問題。但是在台灣，一有問題就不得了了，丟雞蛋、抬棺材，弄得不可收拾。深入探討這一代的人是怎麼長大的，會發現大部分的人都跟我一樣，受到壓制、打罵，得不到關心、尊重、諒解，於是我們長大後也不會關心、尊重、諒解別人，更不會從別人的角度想。

這是我個人成長的經驗。我二十年前參加了卡內基訓練，發現原來自己是這樣，就決定要將卡內基訓練引進台灣。

您如何和子女溝通?

因爲我自己的求學過程不是很順利，我對孩子的期望就不是一定要考取好的大學，但是很奇怪，當你對他們的期望沒那麼大，他們反而唸得更好。

我跟我小孩之間，回想起來最滿足的有幾件事。一是我可以跟他們玩在一起。記得多年前我們全家在看電視影集《天才老爹》，我們一邊看、一邊笑，我的小兒子當時國小五年級，他指著電視中的爸爸說：「這跟爸爸完全一樣！」當時我心中暗喜，因爲能在孩子心中是那樣的爸爸，是我有生以來聽過最好的讚美。我很羨慕Bill Cosby所飾演的醫生爸爸，因爲他很能調整自己的角色——跟太太在一起時很親密，跟兒子在一起時會耍寶，跟小女兒在一起時又是另一種樣子。而我跟孩子一起跳舞、玩、講笑話，這都不是勉強做出來的。對不少父母來說，這是一種關卡，衝破了這道關卡，小孩就比較願意接受父母，把父母當成**role model**（仿效的對象），願意聽父母說話。

二是我對孩子的期望不是那麼高。我的二兒子小學時成績很差，但是運動很好，打球、跑步都很行。記得我曾跟太太說：「我們不該要求每個小孩

子都一樣，也許他眞的四肢發達，讀書不行，那就不要強迫他。」我太太接受了，這對父母來說是滿不容易的。但是沒想到二兒子後來當上醫生，三十歲就成爲社區診所的院長。

三是我會用特別的方式跟孩子溝通。二十年前我一個人回台灣發展卡內基，我太太帶著四個孩子留在美國，我爲了彌補，就開始寫信給每個孩子，這些信發揮了功效，孩子沒有學壞，也滿上進的。我想，即使相隔很遠，如果懂得溝通，還是可以用質來彌補量的。每個人都可以想出適合自己和孩子的溝通方式。

您認為青少年在溝通上最容易發生的挫折是什麼？

有些人處處想將就同伴，好像和同伴做一樣的事就表示大家是「同一國」，沒有跟其他人做一樣的事就覺得被排擠。

但是有自信的人就不會覺得是打擊。馬英九曾說，他的第一根菸是唸高一時別人遞給他的，當時他拒絕了，而他的同學並沒有因此不理他。對此我滿感慨的，因爲我沒有拒絕——十五歲抽了第一根菸，後來一直抽了幾十年，戒了好多次才戒掉，痛苦得不得了。有自信和沒自信，相差這麼遠！

一個青少年所受到的同伴壓力是很重的，香菸是如此，那搖頭丸呢？現在的青少年壓力太大了，一定要有自信才行。

父母可以怎樣幫助孩子更有自信呢？

除了不逼小孩讀書，還要給他讚美。像我二兒子喜歡運動，參加了摔角隊，有一次摔角教練在隊員面前稱讚他的功課好，他受到激勵，就努力讀書，功課愈來愈好了。

記得有一次，我在我家門口遇到鄰居和他的兒子，我的鄰居跟在他十六歲的兒子後面，指著兒子對我說：「我爲他感到驕傲。」原來他的兒子通過了童子軍考試。當時我認爲他是故意說給他的孩子聽的，但是後來我自己也很感慨，我想，我自己有沒有這樣讚美過小孩呢？我相信孩子會發揮潛力，是因爲得到肯定和讚賞，而不是管教和要求。

良好的溝通開啟友誼之門

有同學心情不好，該怎麼鼓勵他？

講話太誇張，誰會相信！

跟好朋友吵架，一個星期沒說話了……

要我去跟朋友和好？我沒有勇氣……

喜歡批評的人實在很難相處！

上課聽不懂，舉手發問會不會很丟臉？

為什麼有人特別多愁善感？

被人傷害時，實在很難原諒對方！

「小太陽」萬歲！

支持和鼓勵是最好的關懷

「小惠，等等我！」我連續叫了三聲，小惠才停下腳步，但沒有回頭看我。小惠今天不太對勁，平常放學後她總是等我一起回家，今天不知道爲什麼，下課鈴聲一響，她就拿起書包往外走。

「小惠！妳幹嘛走那麼快，也不等我？」爲了追上小惠，我幾乎是用跑的，停下來後，喘到差點說不出話來。

小惠瞄了我一眼，一句話也沒說，我只好問：「喂，到底發生了什麼事，臉色那麼難看？」

「沒什麼啦，心情不好而已。」小惠無精打采的回答。

「嘿！妳是小太陽耶，笑一笑嘛！」我對著小惠做鬼臉，想逗她笑，但似乎沒有效果。

「唉，我今天是初一的月亮，不是小太陽。」小惠嘆了口氣說。

小惠在班上的人緣很好，跟誰都可以天南地北聊個不停，最重要的是，她很會鼓勵人家，心情不好的時候只要找小惠聊天，很快就可以雨過天晴，所以大家封她爲「小太陽」。

「小太陽」今天沒有了光芒，我想一定有嚴重的事發生。

「發生了什麼事，可以告訴我嗎？」我拉著小惠到旁邊的椅子坐下來，「以前都是妳幫我打氣，今天換我當妳的小太陽吧！」

「也沒什麼啦，我這次考試沒考好，很懊惱而已！」

「哦，妳是說英文小考嗎？妳考幾分？」

「八十八分而已。」小惠遲疑了一下，才吐出這幾個字。

八十八分？比我的足足多了二十三分，我卻是很滿意我的分數，因爲我進步了。沒想到小惠會因爲這樣心情不好，這也難怪，因爲英文是她的最愛，成績也最好，總在九十分以上，所以她才這麼難過。

「小惠，妳記不記得，我好幾次爲了英文考不及格而掉眼淚？」看到小惠點了點頭，我繼續說：「妳還記得妳那時是怎麼鼓勵我的嗎？」

小惠搖了搖頭沒開口。

「妳告訴我千萬不要放棄英文，還說這樣我以後的進步空間才大。這次我終於及格了，我還要謝謝妳呢！」

「看來我是得失心太重了！」

「誰叫妳以前成績那麼好，套句妳說過的話，妳這樣缺乏進步的空間，而且……而且退步的空間可大的呢！」我故意取笑她，幸好小惠聽到這句話終於有了笑容。「心容，妳變了哦，以前妳很愛鑽牛角尖，什麼事都往負面想，但是妳現在不一樣了！」

「還不是因爲妳這位小太陽指導有方，常常替我打氣，所以我也受到妳的感染，而且正努力學習當別人的小太陽。」

「沒錯，妳今天就是我的小太陽。」小惠拉著我的手站起來說：「我現在的心情好多了，謝謝妳。」

「誰教我們是朋友！走，我們來比賽，看誰先跑到校門口。」沿途只聽到小惠特有的爽朗笑聲，還聽到她大聲喊：「小太陽心容萬歲！」

（吳梅東）

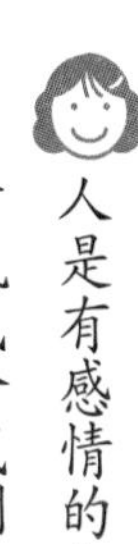

人是有感情的動物，難免有情緒低落的時候，這時假如身邊有人爲我們打氣或給我們鼓勵，就可以度過低潮，甚至避免發生遺憾的事。

像小惠自己雖然是大家心目中的小太陽，但是當自己心情不好的時候，也同樣需要別人給她鼓勵。

現在每天一打開報紙，幾乎都會看到有人因爲學業、感情、金錢或工作不順而自殺的新聞，假如當時有人能和他們聊聊、鼓勵他們，或許就不會發生悲劇了。

幫助人不一定是用金錢。幾句安慰的話、一個擁抱或一個支持的眼神，甚至只是靜靜的聆聽對方說心事，都可以產生安撫人心的效果。

嗯，我們每個人都可以當「小太陽」，在需要的時候給對方支持與鼓勵。

學校裡有恐龍？

誇大其詞，容易引人反感

第一節下課時，小偉到辦公室來找張老師。

「老師，我今天上學時幫一位老太太過馬路哦！」小偉說。

「很好啊！小偉日行一善哦！」張老師微笑著讚許了他，小偉聽了高興的回教室去了。

鄰桌的李老師聽見了，問張老師：「妳該不會眞的相信李明偉的話吧？」李老師跟小偉住在同一個社區，常常看到他，他說其實小偉只是跟老太太一起過馬路而已，如果這樣也算日行一善，那小偉每天都可以幫五位老先生、老太太過馬路！

張老師一臉苦笑，她怎麼會不知道小偉的個性呢？小偉挺讓人傷腦筋的，因爲他說話的時候喜歡誇張，就像今天早上的日行一善。張老師曾規勸

過小偉，甚至直接指出他說話的漏洞，不過小偉的習慣還是改不過來。

張老師嘆口氣說：「小偉還很喜歡邀功哩！」

「邀功啊……」李老師想了一想，說：「張老師妳覺不覺得，李明偉喜歡邀功可能和他哥哥有關。」

「哥哥？為什麼？」

李老師解釋，因為小偉的哥哥很優秀，不但功課好，也很有禮貌，社區裡的鄰居都很誇獎他，或許這讓小偉覺得受冷落吧！

就在兩位老師討論著小偉的事情時，窗外突然傳來一陣吵鬧聲，有一群學生從辦公室前面跑過去。

「走啊！快帶我們去看啊！」有人喊著。

「小偉一定是騙人的！」

「學校裡怎麼會有恐龍！」

張老師發現那是她班上的學生，於是叫住大家：「你們在吵什麼？」

「小偉說學校裡有恐龍，他要帶我們去看！」儒君回答。

恐龍？張老師看著小偉，小偉的表情看起來不像說謊，可是，學校裡怎

麼會有恐龍呢？他連忙招呼李老師一起跟過去看。

大家跟著小偉來到學校後門，小偉指著一棵修剪成恐龍形狀的柏樹說：「你們看！我就說學校裡有恐龍吧！」

大家愣在那裡，儒君不屑的說：「騙人！這哪是恐龍？」大家紛紛指責小偉說謊。

「我沒有說謊，我說學校裡有恐龍，又沒有說是活的恐龍！」小偉不甘示弱的反駁，同學們都覺得很生氣！

「大家安靜！」張老師說：「小偉，你爲什麼跟大家說有恐龍呢？」

原來，剛才有幾個同學在討論最近校外舉辦的恐龍展，聊到恐龍滅絕，引起了熱烈的討論，沒想到小偉卻說學校裡有恐龍。大家知道小偉一向說話誇張，本來不想理他，可是看他認眞的模樣，一直強調自己說的是眞的，所以就跟他過來看個究竟。

張老師接著問：「小偉，你希望大家聽你說話，對不對？」

小偉抿著嘴不說話。

「我們又沒有不聽小偉說話。」儒君說：「可是他講的話都很誇張，讓我們覺得受騙，我們以後不敢相信他了。」

張老師說：「小偉你聽見沒有？說話誇張，會讓聽的人覺得不舒服。」

小偉倔強的說：「我又沒有！」

李老師說：「你跟大家說學校裡有恐龍時，是不是應該說清楚，這個恐龍是柏樹剪成的？」

小偉的頭低了下來，張老師接著說：「小偉，你的觀察力很敏銳，才會發現校園裡有一棵柏樹修剪成恐龍的形狀，可是你說學校裡有恐龍，卻讓人覺得受騙。以後你說話，要把話說清楚，不要加太多自己的意見進去，也不要故意遺漏重要的細節，以免引起大家的誤會。」

（吳書綺）

柏樹修剪成的恐龍怎麼算是真的恐龍呢？小偉真是太誇張了！

小偉很聰明，他知道講話誇張一點，就能引起大家的注意，可是大家事後發現了眞相，卻會覺得受騙，不願意再相信他。他爲了繼續吸引大家

的注意，說話可能會愈來愈誇張。

為什麼他那麼希望引人注意呢？

當別人專心聽我們說話，我們就會覺得受重視，覺得自己是個重要的人。也許小偉覺得自己不夠受重視，所以就學會用誇張、聳動的話來吸引大家的注意，但他這樣的方式卻會令人覺得反感。

當我們說話的時候，用一些誇張的語詞的確可以增加效果，但如果引起誤會就表示太過份了。

冷戰救兵

與其給建議，不如用心傾聽

體育課的自由活動時間，我和小玲坐在樹蔭下乘涼。小玲突然問我：

「阿珍，妳覺得交一個知心朋友會不會很難？」

「還好啊。妳覺得呢？」我回答。

「我覺得很難。」小玲說。

「怎麼會呢？」我感覺小玲有話想說。

「就像我和小嵐，我們倆滿有話聊的，做什麼都在一起。可是有好幾次我專心在寫作業，她卻偏偏一直找我講話，讓我不能專心，所以我的臉色不好看。不知道她是怎麼想的，上星期好像她也不怎麼高興，從那之後我們就這樣怪怪的僵到現在，變成我獨來獨往了。」

「哦！妳好像很生氣？」我反問小玲。

「對啊，好朋友不是應該互相尊重和諒解嗎？她這樣就生氣了，算什麼好朋友！」小玲說。

「那……妳打算和她絕交了？」我揚起眉頭問。

「嗯……」小玲想了想，說：「其實也沒那麼嚴重啦！小嵐平常很關心我，只是我們的習慣不一樣，我寫作業時喜歡安靜，她卻老喜歡找我講話，習慣差太多了，我不太能忍受。」

「其實除了這一點，其他時候她還算不錯啦。」我提醒小玲。

「所以我才會這麼煩啊！我也不想和她絕交，可是現在已經僵住了，不知道怎麼處理。我雖然可以先道歉，可是還是會很氣她。朋友這麼久了，還不知道我做事時不喜歡有人在旁邊吵鬧，我動作已經那麼明顯了還看不出來！」

「妳對好朋友的定義是，要談得來、要作伴、要看懂妳的暗示、要尊重妳的需要、要容忍妳的個性。不知道小嵐對好朋友的定義，是不是和妳的一樣？」我看一眼小玲。

「哦……應該差不多吧？每個人不是都希望交到這樣的好朋友嗎？」

「對啊，那妳給自己打幾分呢？」我笑著問小玲。

小玲尷尬的動一動嘴角說：「普普通通吧！我承認有時候也會讓她生氣，可是她好像很少給我臉色看……這樣說起來，我好像太小心眼了？」小玲轉了一下眼珠子，說：「可是，做人難道不能有一點原則，維護自己的權益嗎？」

「當然可以。不過前提是，妳要先讓她知道妳的原則是什麼，她才有辦法注意啊！」

「妳是說，她可能還不知道我寫字時需要安靜，才會一直找我說話？」

「也許是，也許不是，這只有問她才知道了。妳不敢找她談嗎？」

「可是不談永遠不知道答案，我又不喜歡這樣莫名其妙冷戰下去……也許今天放學後我就找她一起去逛街，找她談。」

「怎麼談？」我希望小玲眞的會去做。

「嗯，只好先道歉囉，說我臉色不好是因爲什麼啊，告訴她我寫作業時不喜歡有人吵我啊！」

「我覺得妳們還可以針對這次的事情，定個妥協之道，或是一個公約，下次才知道怎麼相處。」

「妳說的有道理，這樣才不會又爲這種事鬧不愉快。」

看到小玲如釋重負的樣子，我也覺得很高興。不過，我這個和事佬好像什麼也沒做啊。大部分時間都是聽小玲說話而已；要怎麼做，小玲似乎比我還清楚呢！

（戴淑珍）

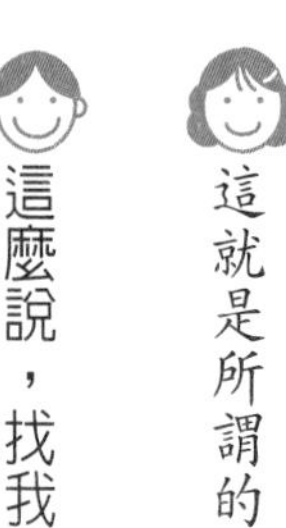

阿珍先聽小玲說話，而不是急著給一堆建議，這樣的感覺很好。

這就是所謂的「同理心」。先試著了解對方的感受，再表達關切和提醒。

這麼說，找我們評理或訴苦的人，其實並不是想聽我們的建議囉？

應該說，比建議更重要的是，眞心的傾聽和關心對方，幫助對方將情緒先平復下來，然後他們自己往往就知道該怎麼做了。

妳還願意做我的好朋友嗎？

體會彼此感受，化解誤會

教國文的陳老師生產了，我們全班合買了一份禮物，並且推派班上幾位幹部去探望。我就住在陳老師家附近，所以班長找我一起去看老師。沒想到，因爲我的一句「會晚一點到」，造成大家對我的誤會，尤其一向和我很要好的班長小玲已經有好幾天不和我說話了，今天她看到我，還是裝作沒看見，故意繞道而行。我覺得很難過，決定寫一封信給她，表達我心裡的感受。

小玲：

先跟妳說聲對不起，我看得出來妳因爲星期天的事還在生我的氣。那天我媽媽回家後，我急忙趕到老師家，因爲心裡很著急，還撞到一位小姐，和她吵了一架。到了老師家，發現你們都走了，我的心裡更沮喪。你們要走也不通知我，讓我一個人待在老師家，好像被拋棄了，覺得很孤單。

我本來以爲，第二天上學時，妳會跟我解釋星期天到底是怎麼回事，結果妳不但沒解釋，還不理我。我心想妳是我的好朋友，怎麼會這樣呢？所以我也很生氣，也不想找妳講話了。

這幾天我們都不說話，我很難過，眞不希望我們的關係變成這樣。尤其今天妳遠遠走來，看到我時卻故意繞到另一邊去。我覺得我們好像變成仇人了，是這樣嗎？難道就因爲這件事，妳眞的不要我這個朋友了嗎？

寫著這封信時仍在生氣的阿珍

很快的，我就接到小玲的回信，信裡這麼寫著：

阿珍：

我承認還有一點在生妳的氣，因爲星期天妳說會晚一點到，結果「晚一點」竟然就是三個小時。我是班長，又是妳的好朋友，是我建議把禮物託給妳帶回家的，我不知道怎麼向大家交代和解釋。妳沒有打電話聯絡，我又不

I'm Sorry~

好意思在老師家打電話催妳，只能一個人急得像熱鍋上的螞蟻。後來大家在老師家待了一會兒就陸續走了。

妳每次都覺得我是妳的好朋友，應該會了解妳，可是妳又不打電話來，我怎麼會知道發生什麼事呢？要不要繼續等呢？還要等多久？妳常常要我用猜的，不然就是認爲我理所當然會了解妳，可是我又不是妳肚子裡的蛔蟲。星期一我很生氣不想理妳，沒想到妳也一樣擺臭臉給我看。這下我更生氣了，當然看到妳也不想打招呼了。

說起來我也有不對，不應該故意繞道而行不和妳打招呼，我爲這幾天沒有風度的舉動向妳道歉。這樣好嗎？如果明天我買早餐請妳，妳的氣會不會比較消呢？

雖然生氣但還是想和妳做好朋友的小玲

結果第二天，小玲帶了早餐請我吃，我媽媽也幫我買了小玲最愛吃的日本零食請她。而我們之間的誤會呢，就像媽媽說的，在「一吃泯千仇」的情況下化解了。

（戴淑珍）

阿珍很有勇氣，先寫信道歉，要是我就沒這個勇氣。

如果你很在乎這個朋友，自然就會想把誤會說清楚了。

可是我發覺有些誤會好像會愈描愈黑，很難說清楚。

在溝通的過程中，我們往往會不自覺想說服對方，讓對方覺得不是我們的錯。可是對或錯，其實並不是溝通時的重點。

不然是什麼？

是你們彼此的關係啊！最重要的是有沒有體會到彼此的心情。有時候爲了口頭上的勝利，硬要讓對方承認是他的錯，反而會失去友誼。有誤會產生時，最重要的是照顧到對方的情緒，也讓對方知道自己的感覺。對或錯不是那麼重要，有時候先道歉，反而會獲得更大回報呢！

失控的火車

打架不能解決問題

阿國平常在學校話就不多，朋友也少，不像那些功課好的同學受人歡迎。最讓他羨慕的是阿豪，阿豪是那種敢反抗師長、不爽就K人的「大哥」，阿國覺得阿豪敢把心裡的不滿表達出來，不怕權威，神氣得很。

最近阿國的爸爸失業，找工作很不順利，每次在家心情不好就罵阿國：「你成績這麼差，以後沒出息啦，乾脆去當流氓算了。」有時阿國做錯事，爸爸拿起衣架，常常就是一陣亂打。

這天早上，阿國又被爸爸無故打罵，帶著一肚子火到學校。經過走廊時，幾個同學打打鬧鬧，一不小心就往他這裡撞過來。

「X你媽的！」阿國怒罵了一聲，這四個字當然是學他爸爸的。

撞到阿國的小強，本來還嘻嘻笑著，被他這麼一罵，心裡也不舒服，轉

身再推他一把：「哼，撞你一下又怎樣？」

阿國平時就看小強不順眼，覺得他勢利眼又愛打小報告，現在被他一撞一推，火氣更大了，一揮拳就往他的頭上K。小強不甘示弱，也是一拳還擊，兩人因此扭打了起來。

班上同學見他們打架，不但不勸阻，還在一旁鼓譟。甚至阿豪看了，更叫了一聲：「阿國仔，加油！」阿國成爲大家注目的焦點，一時勇氣大增，彷佛自己成了英雄。

「阿國，不要動手啦！」平時和阿國最要好的力杰看情況不對，趕緊來勸架，沒想到阿國竟將他一把推開。

「閃啦！」阿國把沒有防備的力杰推倒在地。接著，阿國就像煞不住的火車，一拳揮向小強的臉，小強的眼鏡一歪，鏡片破了，右臉也劃花了。

看到自己闖了禍，阿國才停下來，同學們也一哄而散。

小強被送到醫院，臉上縫了六針，被撞倒的力杰還好沒事。因爲阿國是第一次打人，而且打架雙方都有錯，學校記阿國小過，並要阿國接受輔導。

這天，阿國走進了輔導室，輔導老師微笑著招呼他坐下。

「陳建國，我看過你的資料了，你平常表現還不錯啊！尤其工藝課的成績一直很好，以前也沒跟同學起過衝突。是不是那天心情不好？」老師沒有責罵阿國，反而猜出了他的心事。阿國一時說不出話，只是低著頭。

「我也稍微了解了你的家庭，聽說你父親最近工作比較不穩定，也許有時候會發脾氣。要是你爸爸因爲心情不好而打你、罵你，你的心裡一定很不舒服吧？」阿國一聽老師這麼說，既委屈又難過，頭壓得更低了。

老師輕輕拍著阿國的肩膀，說：「小強撞了你，你心裡不高興，就罵了他，還跟他打了起來。其實回想起來，小強也不是故意的，如果你不理他，或要他跟你道個歉，不就沒事了？」

「那時候我氣炸了，沒想這麼多。」阿國也不知道自己怎麼會把事情搞成這樣，心裡開始覺得後悔。

「我們心情不好的時候，往往不能冷靜的思考，不但不能解決問題，反而容易製造出更多問題。你這次和小強打起來，對你們兩個人有什麼好處嗎？」

「其實也沒什麼大不了的事。」阿國平靜的說：「我只是一時忍不住才會打他的。」

「嗯，你現在知道是你在發洩自己的怒氣囉？」老師繼續說：「既然打人不是發洩怒氣的好方法，不如我們一起來想想，心情不好或生氣的時候，我們可以做些什麼，好嗎？」

阿國點了點頭。

（石芳瑜）

有些人以爲打架打贏了，別人就會聽他的。其實不管是罵人或打人，都無法讓別人把你的話「聽」進去，反而只會讓別人討厭你、怕你、躲你躲得遠遠的。

可是有些人眞的很欠罵、很欠扁。

罵了他們、扁了他們，就眞的可以改變他們嗎？有些父母會罵或打自己的孩子，他們覺得這樣是在教導孩子，可是這樣眞的可以教好孩子嗎？我們自己被罵或被打的時候，最想做的不是聽話，而是反抗啊！

小張的羊毛衣

誠實不說謊，建立好信用

今年夏天小張剛從學校畢業，在等待入伍前，他想到住家附近的夜市做點小生意，賺取生活費。

他向在擺攤做生意的朋友小王請教，小王介紹他去一家中盤商批羊毛衣來賣，還建議說：「陳老闆的羊毛衣特別便宜，你可以一次多進點貨，比較划算哦！」

於是小張把以前打工存的錢全部拿來進貨，希望入伍前可以多賺點錢。

小張擺攤的夜市離家不遠，來逛夜市的人有很多是熟識的街坊鄰居。小張見到長輩都會親切問候，所以第一天擺攤就有許多鄰居來捧場。小張賣的羊毛衣不貴，許多人一口氣買了好幾件，讓小張忙得不亦樂乎。不過也有人覺得這些羊毛衣太便宜，可能有問題。

「小張，你確定這是純羊毛的嗎？怎麼那麼便宜？」林太太問。

「當然是真的，我小張從來不說謊。如果是假的，妳可以回來找我，包退包換。」小張信誓旦旦，反而讓問問題的林太太覺得不好意思。

小張只賣了三天，就把成本全都賺回來了，他正打算打電話給小王，請他吃飯，好好謝謝他，小王卻先打來找他。

「小張，我發現那些羊毛衣是假的，已經有許多顧客來找我退貨了。可是那可惡的陳老闆不知躲到哪裡去了。」小王自己也很急，「你別再賣了，不然乾脆跟客人說那不是純羊毛的，把存貨賤價拋售吧！真對不起，沒想到會連累你。」

小張不敢相信他賣的羊毛衣是假的，這下子該怎麼向街坊鄰居交代？

「不行！我絕不能承認這些是假貨，否則損失可就大了。」小張擔心顧客會回來找他退錢，「還是把這批貨賣完再說吧！」

不過，已經有人發現他的羊毛衣是假的了，他們拿著衣服去找小張，但小張一口咬定是真的，說什麼也不肯退貨。這件事一傳十、十傳百，沒幾天工夫，附近的鄰居都知道小張賣的是假貨。

「沒辦法，只好賤價拋售了。」小張以進貨的成本價出清存貨，但他還是不願承認賣的是假貨，也不願退貨，大家覺得很失望，再也沒有人來向他買衣服了。

小張的爸媽都是老實人，從鄰居口中聽說這件事，立刻把小張找來責備了一頓。爸媽要他向顧客誠實的說明那是普通毛衣，以低價轉手賣出，再進其他衣服來賣。

這次小張很小心，不再貪小便宜批來路不明的貨，也誠實的標價。但是，鄰居們對他還是半信半疑，寧可去別的攤子買，不想再次上當。

「我想去別的地方擺攤子。」小張垂頭喪氣的對爸媽說：「我好像放羊的孩子，這裡的鄰居已經不相信我了。」

「鄰居們從小照顧你，你卻不守信用，辜負了他們，現在只好到沒有人認識你的地方重新開始。你要記住這次的教訓。」爸爸希望小張不要再讓自己的信用破產了。

（吳立萍）

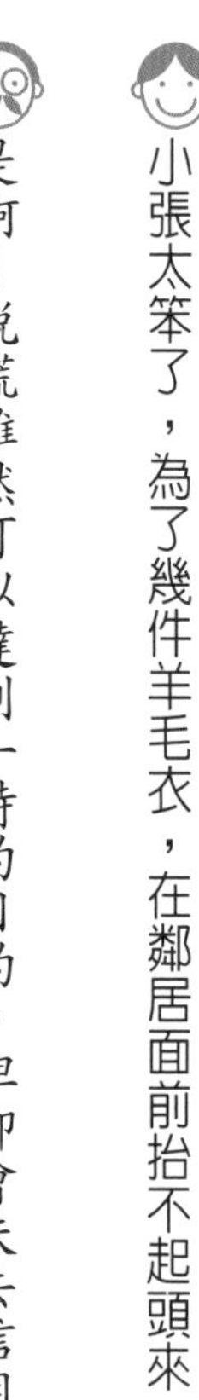

是啊！說謊雖然可以達到一時的目的，但卻會失去信用，造成長久的損失。有些人爲了掩飾謊言，而編出更多謊言，謊言愈說愈多，最後變得是非不分。一旦被人識破，就再也沒人願意相信了。

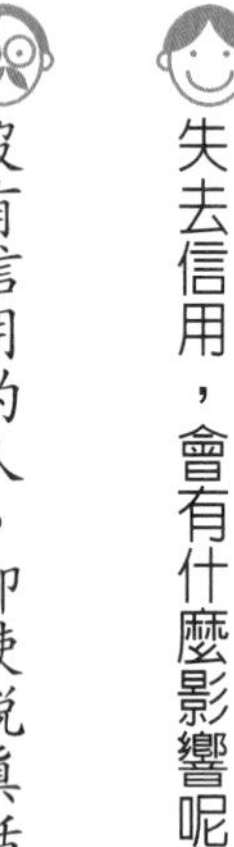

沒有信用的人，即使說眞話，別人也不敢相信，不但不容易交到眞正知心的朋友，在許多方面也會被人質疑，使工作受到阻礙。如果是一個商人，他的生意便會受影響，即使改行也一樣。小張的故事就是一個明顯的例子。

惡毒的舌頭

光靠批評不能改變世界

月鉤纖細，群星點點，透出彷彿是精靈嬉戲後喘息的光閃。校園中，避開了光害，只見空際浩渺。

操場正中央，阿德直挺挺的仰躺著，雙眼大睜。剛才繞操場跑了六圈，一圈八百公尺，四點八公里的份量，並沒有使他的心跳加快多少。

阿德今年國三，身高一六八公分，體重近七十公斤，壯碩的軀幹，站到又矮又瘦的訓導主任面前，好像在上演趣味十足的戲碼。

阿德的聲音宏亮，言語辛辣，就連隔壁班同學都時常可以聽到他在發表高論，不是批評社會腐敗現實，就是痛罵學校欺壓學生，再不然，就是指控班上某某同學耍心機、利用別人。

學校裡的主任、教師，每一個都是阿德眼中「地獄來的使者」，阿德替他們每個人都取了諢號，像訓導主任就叫做「武大閻羅」——武大郎與閻羅王合體，是他舌鋒勾出的惡毒新詞。

訓導主任兼教他們班數學，教法還算靈活，腦筋不太能開竅的學生，偶爾也能因此閃出一道光來。不過考不好就打，阿德常挨打，其實數學對他來說不難，他可以輕鬆拿高分，但是他拗不過自己心頭的彆扭，寧願每次在及格邊緣遊走，換取手心的刺痛。

每當阿德看到那些身子孱弱的同學準備挨打，雙手伸出，藤條還沒沾上邊，恐懼已寫滿整張臉，心中一股正義感便又開始作祟。

「看喲！武大閻羅又要使出他的絕活了。」阿德一張嘴就饒不得人。

訓導主任耳尖，轉身就先找硬頸的阿德磨磨那根藤條。不管訓導主任怎麼教訓阿德，他都只有一種回應：左嘴角斜揚，似笑非笑。

「絕不能如武大閻羅的意！」這是他百痛不毀的信念，他認為受迫害者就應該堅強忍耐，不能讓對方得逞。

夜更深了，一陣冷風掃過。阿德盯住群星，默數起來：「一、二、三、四、五……」數到九十九時，他停下來，摸摸頭頂，嘴角揚起，笑開了。

小時候，常聽爺爺說：「數星星，數不盡，小心頭頂蓋鬼印！」他心想：「這頭頂要是被蓋了鬼印，倒可以一了百了，把頭髮剃了，上山出家去。」

記得幾天前，阿德曾向教英文的葉老師說：「老師，我最好的出路，恐怕是到山裡修行，因爲人煙罕至的地方找不到討厭鬼磨舌尖。」

阿德喜歡葉老師。葉老師跟他說話，總是用平輩朋友的口氣。只有在面對葉老師時，他才會停下惡毒的舌頭，敞開胸懷說心事。

葉老師笑了笑說：「修行何必到山裡去？」

「我這舌頭，肯定是得自老頭子的遺傳。老頭子雖然現在坐輪椅，嘴巴還是不饒人。媽媽從前挨他的打，現在繼續挨他的罵。姊姊也不曾少受罪。我呢，可能是骨頭硬吧，全身都有他棍子碰撞的成績。姊姊常說要辦休學，全心照顧家裡，也好讓我專心上進。姊姊成績優異，我跟她說，她要是放棄進大學，我就從此澈底沉淪。」

夜風更凜冽了，阿德注視著那細細的月牙。從前爺爺曾告訴他：「別對著彎彎的月娘指指點點，免得耳朵挨上一刀！」

「要是耳朵真被切下來，或許是件好事。聲音隔絕了，我這舌頭也沒辦法使壞啦！」

（白志柔）

阿德明知會被處罰，為什麼還要說那些惡毒、批評的話？

其實阿德也不喜歡自己言語帶刺，但也許他已習慣從壞的一面去看待事情，所以才會有憤世嫉俗的心理。這可能是受到家庭的影響。父親對阿德的管教方式，讓他養成凡事抗爭、批評的態度。

什麼事都要批評，這樣的人很難相處耶！

是啊，說負面的話固然可以發洩心中的不滿，但是通常不能解決問題，只留下刺傷他人的快感和悔恨。

借作業風波

搞懂問題，比面子更重要

我快被陳志偉氣死了！

「林宜瑄，快點！數學作業借我。」早自習的時候，陳志偉一進教室就鬼鬼祟祟的向我借數學作業。

「你又沒寫哦？」這不是第一次了。

不知道爲什麼，從這學期開始，陳志偉就常常不自己寫數學作業。每次都趁著早自習，找同學借作業來抄，因爲數學老師規定第一節上課前就要把作業送到辦公室，所以他常常抄得又急又慌。最近換座位，我和陳志偉坐在一起，他就跟我借過好幾次。

借作業是沒關係，不過我覺得陳志偉這樣偷懶也不是辦法，而且萬一被老師發現了，連我都要挨罵呢！

今天第三節是數學課，老師手裡抱著一疊作業簿走進教室。

「林宜瑄。」老師突然叫我的名字，我站了起來，不知道是什麼事。「妳的數學作業爲什麼沒交？」

「我交啦！」我想也沒想就回答。

「這疊作業簿裡沒有妳的。」老師說。

「沒有？」我這才猛然想起早上陳志偉把我的作業借去抄，便轉頭用最小聲的音量問他：「你沒幫我交嗎？」

「有啊！」陳志偉小聲的說，接著便緊張的翻找他的抽屜，把課本和作業簿全都拿出來。

「啊！」原來是陳志偉把我的作業簿塞在他的抽屜裡了！

我的心頭頓時升起一股怒火，感覺身體熱得發燙。我狠狠的瞪了他一眼，把作業簿拿回來，快步走到前面交給老師，然後轉身回到座位。我知道我的臉很臭，因爲我很生氣。

可惡！早知道就不要把作業借給陳志偉抄。他眞是太過份了，不但偷懶、抄我的作業，還害我沒交！

「林宜瑄，妳的作業簿怎麼會在陳志偉那裡？」老師看我臉色不對。

我在座位上僵僵的站著，看也不看陳志偉一眼，也不敢回答老師的問題。我心想，如果把陳志偉抄作業的事情講出來，他一定會被處罰的。雖然他害了我，我並不想害他。

「陳志偉，爲什麼你要拿走林宜瑄的作業簿？」老師看我不回答，就改問陳志偉。我看到陳志偉站起來，有口難言的樣子。

「陳志偉，你是不是拿林宜瑄的作業去抄？」還眞的被老師猜中了！陳志偉沒有回答，頭低了下來。

「爲什麼不自己寫作業？」

沒回答。

「你作業都用抄的，放學回家在做什麼？你以前功課不錯，怎麼現在學會偷懶了？」

沒回答。

「老師，他只有數學作業是用抄的啦！」我忍不住替他解釋。

「是嗎？」老師想了想，又問：「爲什麼要抄同學的數學作業？你自己不會寫嗎？」

陳志偉抬起頭來看看老師，猶豫了一下，說：「這學期的數學很難！」

「如果上課聽不懂，或是作業不會寫，可以來問我，或是請教會的同學。你用抄的，只是在應付，這樣永遠學不會，知道嗎？」

陳志偉點點頭。

「大家聽到了嗎？不懂的就要問。」老師說：「我們就從這次的作業開始。現在我來把每一題講解一遍，有問題的馬上提出來。」

（李美綾）

老師上課教的有時候真的聽不懂，作業也寫不出來，真傷腦筋。

其實有聽不懂的地方是正常的，絕大多數的人在學習時都會有疑問，這就是到學校學習的目的啊！到學校上學，就是要把不懂的搞懂，老師也都準備好要回答同學們的疑問，所以，有問題的時候儘管問老師。

要我上課問問題，我怕丟臉，萬一問的問題很笨，會被大家笑死的啦！

你說的沒錯，說不定有很多人都跟你一樣，覺得上課問問題很丟臉。可是不把問題搞懂，考試成績差了，難道就不怕被人嘲笑嗎？換個角度想，你有問題的地方，一定有同學也覺得不懂，你向老師發問，就等於是替大家問，這樣不但自己可以搞懂，也幫助到別人，不是很好嗎？

女兒的心事

原來是多愁善感的心

女兒躺在床上，母親坐在床邊。

女兒的臉色蒼白，稚氣的臉更顯得無助。然而，還是有種執拗的氣息，從她微微上勾的嘴角透露出來。她的睫毛那麼長，而且輕輕柔柔的，簡直要飛起來，帶著這個沉睡中的少女飛升到無憂的天境。

母親的眼眸透出空茫，曾經豐腴的容顏因爲幾日來的焦灼而削瘦了。她不懂女兒心中有何等愁怨在糾結，自己的情緒卻跟著陷入陰暗。女兒是寶，女兒的一顰一笑牽動著她的悲喜，女兒是她的肉中之肉，血中之血。她用沒有侷限的物質妝點女兒的外在，她有不求報償的愛，卻不知爲什麼，一步也邁不進女兒那柔軟又堅韌的心。

女兒這一次顯然不留餘地。她吞下了十幾顆安眠藥，又在左腕上劃了一刀。安眠藥是從母親的房裡找到的，母親用它逐去難眠的煩躁，她則用它踩入永恆沉睡的幽冥。刀是已逝父親留下的遺物，父親用它裁畫紙、拆信封，她用它來切割自己和人間的連繫。

其實這不是女兒第一次想不開了，每一次的危機都把母親帶入惶惶不安的惡夢中。母親是商界的精算師，每踏出一步，事先都有精準的預判。然而女兒的心事對她來說卻是一片茫茫的大海，測不出有多深，估不出有多廣，她總是胡亂猜測，抓不到頭緒。

女兒睜開眼來，有些茫然，像是心魂還留了一半在夢裡。她把視線凝定，射向天花板，又恍惚了一下，終於，她看出這裡是病房。她側過頭，看到了母親，揚起嘴角微笑。母親猛然一震，訝異極了。

幾日來，女兒睡的時候多，醒來了，臉上總是被憂傷壓著。而此刻她的微笑卻擴展開來，漾出燦爛的春華。看母親疑惑的鎖著眉頭。女兒的笑容僵住了，怯怯的看著母親。母親又是一震，暗罵自己糊塗。她趕緊平穩情緒，才看見女兒又笑了，而且笑得更開懷。

「是不是夢到什麼開心的事？」母親的語氣又輕又柔。頓了一下，母親還

是忍不住訴說了心酸：「媽媽多可憐，妳的心事從來不跟媽媽說！現在妳願意笑了，媽媽卻摸不著頭緒！」

女兒看著母親，話說得快而激切：「媽媽，夢裡的世界多美啊！我看到母獅子抱著小羊羔嬉戲；我看到小獅子、小狼崽依偎在母山羊的懷裡，那含著乳頭的樣子多淘氣；我看到天空中，巨鷹載著小兔和雛雞翱翔；我看到黃鶯對著眼鏡蛇唱歡樂之歌。我挽著爸爸的手，跨越鱷魚成排搭成的橋，從河的這頭到那頭，河當中，河馬張開的大口裡，小山貓和小松鼠盡情戲耍。河那頭，一片廣袤的曠野，獵豹帶著一群即將成年的麋鹿奔跑……」

女兒描述的夢境喚起了母親的回憶：從前，只要新聞報導中出現某個孩子受苦、某隻小動物被凌虐的消息，丈夫和女兒看了，都跟著流淚

原來，女兒就像她父親，都容易閉鎖在傷感的深洞裡。這樣想著讓母親驚出了一身冷汗。從前，她對丈夫的感性冷漠相待，現在，她想敲開女兒的心門，卻怎麼也敲不開。

「原來如此……」她若有所思的把女兒攬入懷裡，讓自己的淚水迎向女兒眼中煥出的朝霞。

（白志柔）

那女兒是不是遺傳了父親的性情？

看來是這樣。女兒和父親一樣，情感較爲豐富，容易受到外界事物的影響，憂傷時不容易排解。母親的性格則較爲理性、強勢，或許因爲性格的差異，母親較難體會女兒的心情。

這位母親看到女兒想不開，卻覺得無能為力，不懂女兒在想什麼。

人是以自我爲中心的動物，自己是怎樣的人，往往以爲別人也跟自己差不多。這位母親對多愁善感的行爲一直不以爲然，不相信有些人天生容易傷感，因此也無法體會女兒的心情，還好她已漸漸有所領悟，願意接受女兒的特殊之處！

兩虎相爭必有一傷

寬容讓世界更開闊

在兩千多年前的戰國時代，各諸侯國相互兼併，最後剩下齊、楚、燕、韓、趙、魏、秦七個大國。其中最強大的是秦國，爲了爭奪土地，常常藉故欺負別的國家，發動戰爭。趙國是當時被秦國欺負得最厲害的國家，還好趙國有一位大將名叫廉頗，他能征善戰，遏阻了秦國的入侵。

有一次，趙王獲得了一塊非常珍貴的玉石「和氏璧」，秦王聽說了，便想佔爲己有，於是他派遣使者去趙國談條件，表示願意用十五座城來交換「和氏璧」。

趙王知道秦王是騙人的，但是趙國哪敢得罪秦國？趙王既不願接受、又不敢拒絕，很爲此事煩惱。他召集廉頗等大臣來商量，但是大家都想不出什麼辦法。有位大臣對趙王說，他手下有個食客名叫藺相如，爲人足智多謀，可以找他問問。於是趙王召見了藺相如，說出自己的煩惱。

「秦國是大國，他用十五座城交換我國的『和氏璧』，如果我們不答應，就可能引起戰爭，我們得罪不起。」藺相如說。

「要是秦國耍詐怎麼辦？」趙王說。

「只要大王您信得過我，我願意代表趙國出使秦國，保證不致辱沒使命。」藺相如說。

藺相如到了秦國，發現秦王果然想騙取「和氏璧」，無意以十五座城交換。他運用過人的智謀及外交手段，使秦王拿不到想要的寶物，因此「和氏璧」也就完整的保留在趙國。這就是歷史上有名的「完璧歸趙」。

藺相如順利達成任務後，平安回到趙國，趙王封他當官。秦王不甘心到手的「和氏璧」被取回去，便不時派兵攻打趙國，並且以戰勝者的姿態，約請趙王在澠池相會。趙王不敢不去，只好帶著藺相如前往。多虧了藺相如英勇和機智的臨場反應，使趙王的尊嚴得以維持。

回國後，趙王升藺相如爲「上卿」，因此引起了廉頗將軍的不滿。廉頗認爲自己出生入死，爲趙國立了很多的戰功，對趙國的貢獻遠超過藺相如，而藺相如竟憑兩次外交勝利，就做了上卿，官位比他還大！廉頗很生氣，憤憤不平的對人說：「要是我遇見他，一定給他難看！」

藺相如聽說了之後，就盡量避免和廉頗碰面。若是有聚會非見面不可，他就假裝生病故意不到；即使路上相遇，也遠遠的躲開。藺相如的隨從覺得主人的行爲很懦弱，讓他們顏面盡失，想要離開他。

藺相如慰留他們，並且向他們說明：「我這樣做是爲了我們趙國啊！現在秦國不敢侵犯趙國，就是因爲趙國有我和廉頗兩人。如果我們兩人爲了爭一口氣，發生內訌，兩虎相爭必有一傷，這不是趙國的福氣。爲了顧全大局，我個人的恩怨又何必在意呢？」

當廉頗得知藺相如的這番心意，覺得自己很無知，心中慚愧萬分，立刻光著膀子、背著荊條，趕到藺相如的家裡，請求寬恕，從此兩人便成了最要好的生死之交，共同爲保衛趙國而努力。這段歷史故事，就是成語「負荊請罪」的由來。

（吳嘉玲）

藺相如真特別，為什麼被人侮辱，還能忍得住這口氣？

藺相如足智多謀，有外交的長才，趙王那麼重視他，如果他想報復廉頗，一定可以做得到，但是他知道報復只能暫時出一口氣，結果卻會害了國家，長遠看來對自己絕對沒有好處。與其挾怨報復，不如以德報怨，這是聰明人的做法。

其實廉頗也很值得敬佩，當他知道藺相如有遠見且不跟他計較，他立刻知錯，並且誠心向藺相如請求寬恕。

被人傷害時，很難原諒對方耶。

別人傷害我們，我們心裡當然不舒服，但如果一直懷恨在心，對身心都不健康，豈不是造成更嚴重的二度傷害？

如果是我們不小心傷害到他人，要能體會對方受傷的心情，可以趕快向對方說明，請他寬恕。這樣一來，人際關係就更和諧了。

張雅琴談表達

全力以赴就不會後悔

（李美綾）

張雅琴，政治大學新聞系畢業，美國哥倫比亞大學國際關係研究所碩士。從事電視新聞採訪、播報及製作工作。著有《敢於與眾不同》、《張雅琴Smart英語學習法》（皆由圓神出版）。

圖片提供／年代電視台

您給人的感覺非常有自信，您認為這是什麼原因？

其實我本來不是很有自信的人，最初的改變應該是我高中唸北一女的時候，曾在教會聽到一個外國傳教士說：「台灣人很可惜，沒有理想，也沒有自信。」

他的意思是，沒有自信的人會去盲目追求別人認爲好的東西，例如別人說唸MBA很好，他就去唸MBA；別人說唸電腦好，他就去唸電腦。沒自信的人是不敢有理想的。其實有理想很重要，只要有什麼是你想做的，你努力就做得到。

他的話深深影響了我，那時我覺得自己既沒有自信，也沒有理想，於是我告訴自己，以後我對自己想做的事情，一定要有信心。

高中時我的英文不錯，曾參加英語演講比賽，但那次我準備得不是很充分，比賽前一天才開始拚命背，等到上了台，講到一半突然忘詞，覺得好丟臉！當時我告訴自己：等我考上大學之後，我一定要把它做對！於是我大一時又參加英語演講比賽，這次得到全國冠軍。

上了大學之後，我漸漸有了自信，後來出國唸研究所，也給我很大的影響。在那裡我學到，人不一定要長得漂亮才是美。有些人長相不怎麼樣，卻讓人覺得她很美，那是因爲她散發著自信。

我覺得最可悲的是：美麗但沒自信的人，覺得自己很醜；有錢但沒自信的人，覺得自己很貧窮。雖然我不是長得最好看的主播，但我很清楚自己要做什麼、講什麼，自信幫助了我。

您覺得自己為什麼適合從事新聞工作？

我大學考上心理系，升大二時，參加了新聞、外交、企管、西語四個系的轉系考，而且都考上，當時有很多人告訴我，我很適合唸新聞，不過我自己倒沒什麼感覺。

後來我才發現我眞的滿適合的，因爲我的個性比較直截了當，喜歡講實話，不會拐彎抹角，也喜歡追求眞相。而且我是一個鍥而不捨的人，遇到挫折不會放棄，不放棄才會成功。記得有個高中老師曾給我們一個座右銘：

「全力以赴不後悔」，我覺得很有道理。

許多人害怕在群衆面前講話，您是如何克服緊張？

我唸大三時，曾代表台灣去南非參加國際會議，那時我發現我們跟外國人比起來，都一副怕怕的樣子。回來後，我開始強迫自己克服緊張，例如上課時雖然很害羞，但我規定自己每次上課都要問兩個問題，後來到了美國唸研究所時也是這樣做。旁人看了以爲我很認眞、很活潑，其實我心裡很緊張，問問題時心都怦怦跳，但是這樣做很有幫助。

其實我從小就很愛講話。記得小時候去爸爸的診所，我會在他看診時，站在他的桌子上發表言論，我爸爸都不會制止我，他覺得讓小孩子講自己的意見很好。演講時，我把聽衆當成親友，訓練自己怎麼去跟他們講，所以演講都不太害怕。就算眞的緊張，也是硬著頭皮去做，因爲只有全力以赴，才不會後悔。

您英文程度很好，會自己教孩子英文嗎？

我從懷孕的時候就做胎教，開始跟孩子講英文了。一直到現在，我都用雙語跟她們溝通。我覺得父母英語程度好不好倒是其次，重要的是有毅力，就算孩子聽不懂，也不能放棄，因爲堅持到後來，孩子就會慢慢習慣。

舉個例，我女兒幼稚園的英文老師會打電話來家裡對她做英文測驗，在考試前一天，我想幫她練習，就用手機打電話給她。我女兒覺得很奇怪，還問我：「媽媽明明在這裡，爲什麼還要打電話給我？」我說：「我假裝是英文老師嘛！」我覺得好的開始滿重要的，現在我女兒的底子還不錯。

當別人對您的表現有所批評或不以為然時，您是怎麼看待和處理？

以前發生這種事，我會很難過，覺得「我並不是這樣，爲什麼要這樣說我？我只是想做好自己的事。」但是慢慢的我發現，絕大多數的人對跟自己不像的人，不管好或不好，都會批評。就像把一隻魚放進魚缸裡，這隻魚跟魚缸裡其他的魚都不一樣的時候，大家就會來咬牠。

我發現，不管聽自己的或聽別人的，到最後成敗都要由自己來負責，那與其我照別人的意思做壞了被罵，還不如我照自己的意思，做壞了我自己負責。別人的批評，我有過則改，無則嘉勉。如果批評的是我的風格問題，我覺得既然沒有影響到別人，就不會在意別人怎麼想。

http://www.booklife.com.tw　inquiries@mail.eurasian.com.tw

說給我的孩子聽 04

面對人生的10堂課——溝通與表達

發 行 人／簡志忠
出 版 者／圓神出版社有限公司
地　　址／台北市南京東路四段 50 號 6 樓之1
電　　話／（02）2579-6600・2579-8800・2570-3939
傳　　真／（02）2579-0338・2577-3220・2570-3636
郵撥帳號／18598712　圓神出版社有限公司
副總編輯／陳秋月
主　　編／林慈敏
策　　劃／簡志忠
審　　定／張之傑
套書主編／李美綾
插　　畫／2D馬賽克
責任編輯／李美綾
校　　對／李美綾・丁文琪
美術編輯／劉婕榆
排　　版／陳采淇
印務統籌／林永潔
監　　印／高榮祥
總 經 銷／叩應有限公司
法律顧問／圓神出版事業機構法律顧問　蕭雄淋律師
印　　刷／龍岡彩色印刷
2005 年 5月　初版

定價 250 元　ISBN 986-133-067-4

國家圖書館出版品預行編目資料

面對人生的10堂課．溝通與表達 / 林慈敏主編.
-- 初版. -- 臺北市 : 圓神, 2005[民94]
面； 公分. -- (說給我的孩子聽系列 ; 4)

ISBN 986-133-067-4 （精裝）

1. 親職教育 2. 父母與子女

528.21 94004315

請貼郵票

105 台北市南京東路四段50號6樓之一
Tel：02-25796600 Fax：02-25790338

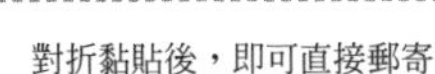

說給我的孩子聽系列　**面對人生的10堂課**

說給我的孩子聽系列　**面對人生的10堂課**